카비르의 노래

카비르의 노래

2017년 11월 10일 초판 1쇄 펴냄

펴낸곳 도서출판 **삼인**

지은이 카비르
옮기고 엮은이 이현주
펴낸이 신길순

등록 1996.9.16 제25100-2012-000046호
주소 03716 서울시 서대문구 연희로 5길 82(연희동 2층)

전화 (02) 322-1845
팩스 (02) 322-1846
전자우편 saminbooks@naver.com

디자인 디자인 지폴리
인쇄 수이북스
제책 은정제책
ISBN 978-89-6436-133-7

값 20,000원

카비르의 노래

카비르 지음
이현주 옮김

SONG OF

KABIR

삼인

옮기고 엮은이의 말

편집실에서 손질을 마친 '카비르의 노래' 원고 뭉치가 묵직하니 손에 잡히는 순간, 미묘한 떨림이 가슴에 일었다. "드디어!" 이 한 마디가 떨림의 내용이었다.

희랍에 호메로스가 있고 이태리에 단테가 있고 독일에 괴테가 있고 영국에 셰익스피어가 있고 중국에 도연명이 있다면 인도에는 이 사람이 있다고 할 만한 바로 그 사람, 카비르!

타고르를 통해서 그를 처음 만난 게 언제였던가? 그 뒤로 카비르라는 이름만 보이면 닥치는 대로 하나둘 저 혼자 좋아서 옮기기 시작했는데 흐르는 세월이 답이던가? 어느 날 보니 그 사이에 두툼한 노래 다발로 쌓여 있는 것이었다.

카비르, 그는 누구인가? 나는 자신 있게 말할 수 있다, 모른다고! 그가 언제 어디에서 어떻게 살았는지, 그러다가 어떻게 죽었는지, 정말 존재하기는 했는지, 나는 모른다. 그에 대하여 내가 아는 것은 여기저기 소문과 추측으로 돌아다니는 몇 가지 정보들, 그가 15세기 북인도 갠지스 강변 바라나시에서 무슬림 직조공 집안의 아들로 태어났고, 평생 문맹이었고, 자기를 '람의 아들'이라 불렀고, 저명한 힌두 구루 라마난다의 제자였고, 그가 죽었을 때 힌두와 무슬림이 서로 시신을 가져가겠다며 다투다가 유혈극을 벌이려는 찰나 누군가 그의 시신 덮은 천을 벗기자 거기 썩어 가는 주검 대신 한 무더기 꽃다발이 누워 있더라는 전설을 남겼다는 것 정도가 거의 전부다. 그래서 나는 오히려 기분이 좋다. 역시 옛 사람들 참 멋지다. 자기에 대한 정보를 너절히 남기지 않고 그냥 살다가 슬그머니 가 버린다!

하지만 나는 조심스럽게 말할 수 있다, 카비르, 그를 내가 안다고! 머리 아닌 가슴으로 그의 더운 숨결이 느껴지고 간혹 그에게서 내 모습이 비쳐 보이기도 한다고. 왜 이런 말 있잖은가? 하나를 가르치면 열을 안다는… 그런데 카비르는 거꾸로 말하면 딱 맞는 친구다. 열을 가르쳐도 하나밖에 모른다! 어쩌면 이토록 같은 말을 지치지도 않고 중얼거리며 산단 말인가? 이런 내 앎을 말로 입증할 수는 없지만, 지금 나는 그의 노래들이 한글로 옮겨져 세상에 출현한다는 사실 하나만으로 충분히 황홀하다. 됐다.

"세계에서 불후의 명성을 상징하는 시인이 하나 있다면 그건 카비르다. 카비르는 무의미한 종교 예전들과 미신을 강하게 반대하였다. 당시의 종교 교리들을 비타협적으로 비판하였고 당연히 교리주의자들한테서 멸시를 당했다. 그는 형식주의, 종파주의, 교리주의로부터의 영적인 자유를 모색하였다. 카비르의 언어는 간결하고 촌스럽다. 상황에 대한 흙냄새 나는 해석으로 보통 사람의 상상력을 사로잡는다." (린다 헤스)

나는 종이도 먹도 건드리지 않았다.
내 손은 붓을 잡지 않았다.
어떤 위대한 것들을,
카비르는 입으로 노래할 따름이다.

내 손으로 내 집을 불살랐다.

오냐, 이제부터는
내 뒤를 따르겠다는 자들의 집을 불사르리라.

그렇다, 나는 '카비르'를 옮기면서 무엇보다도 그동안 내가 헛살지 않았음을 확인하였고, 그렇게 살아온 지난날의 삶이 그의 투명하게 가난한 노래에 실려, 이 세상 다른 모든 것들과 함께, 성스러운 불에 던져지는 것을 보았다.

순서 없이 아무렇게나 옮긴 것들을 편집실에서 수고하여 다듬긴 했지만 아무래도 이 노래집은 눈에 들어오는 대로 읽고 덮어두고 다시 읽고 다시 덮어두고 그러면서 한숨도 짓고 미소도 짓고 하늘도 쳐다보고 땅도 내려다보고 뭐 그렇게 야금야금 드시는 게 좋겠다는 괜한 말씀 한 마디 보태는 것으로 출판사에서 요청하는 옮긴 자의 머리말을 끝내야겠다.

2017년 늦은 가을
이현주

목차

카비르의 노래

'아디 그란드'에서 발췌

아디 그란드 카비르에게서 큰 감화를 받은 나나크가 개조開祖인 시크교의 경전.

한 어미가 자라나는 제 아들을 보면서,
하루 또 하루 제 수명이 줄어드는 줄 모르고
애틋한 눈으로 아들을 부르는구나.
"아들아, 사랑하는 아들아."
그 모습 내려다보며 염라왕이 웃고 있다.

너는 세계를 몽환夢幻 속으로 던져 버렸다,
환각幻覺에 사로잡혀서.
그걸 네가 어찌 알아보겠느냐?

카비르는 말한다,
"분명한 죽음에 닻을 내린 세속의 쾌락을 버려라.
살아 있는 것들아, 하나님을 찬미하여라.
그분 말씀이 영생을 주실 터인즉,
이 길로 가면 너희가 마침내 바다를 건너리라.
그분이 원하시면 네가 그분 사랑하는 법을 배우게 되니,
그때에 거짓과 의혹이 네 안에서 사라지고
너는 고요해지고
네 마음은 환하게 밝아지리라.
스승의 은혜를 입어 네가 사랑으로 충만하리라.
네가 그 경지에 이르면
더 이상 죽음이 없을 터이니,
그분 명령에 복종하여 주인을 만나라."

※

이보게, 석학碩學, 이 놀라움을 들어 보시게.
뭐라고 말해야 할는지?
신들, 인간들, 시바의 봉사자들, 천상의 춤꾼들
이들 모두 마야와의 사랑에 빠졌네.
삼계三界가 온통 그녀의 올가미에 걸려들었어.

람의 비파가 퉁기는 손도 없이 소리를 내거니와
당신 은총으로 내려다보는 그분 앞에서
저들이 그 음악을 사랑하는구나.

내 뇌는 용광로, 두 굴뚝과 황금 통,
그 안에 한님을 모셨으니,
그 통에서 신주神酒보다 맛있는 성찬이 흘러넘치네.

여기 또 다른 놀라움이 있으니,
내가 내 호흡을 잔盞으로 만들었다네.
삼계三界를 통틀어 그분이 유일한 요기일세.

자, 말해 보시게.
누가 진정한 임금이신가?

이것이 카비르가 말하는 참된 앎이니,
"온 세상이 거짓 속에

잃어버려졌지만,
나는 그 색깔에 흠뻑 젖었고
내 영혼은 선식仙食의 주막酒幕에서 취하였노라."

———

'삼계三界(트릴로카)'는 하늘과 땅과 그 사이 공간이다.

'한님the One'은 어디에나 있는 하나님인 람, '다른 것'은 자기 몸에만
있는 라마 찬드라의 람. 여기서 카비르는 자기가 부르는 람과 일반 대
중이 부르는 람(예: '라마야나'의 주인공인 라마)을 구별한다.

요기, 고행자, 은수자, 탁발승 그리고 순례길 헤매는 자들; '요기'는 요
가 수련자, '고행자'(야티스), '은수자'(오지에서 하타 요가를 수련하는 고행자),
'탁발승'(떠돌아다니는 고행자) 그리고 성지를 찾아 순례하는 사람들. 인도
에는 예순여덟 군데 성지가 있다.

❖

불에 타서 나는 람의 물을 발견하였지.
그것이 달궈진 내 몸 식혀 주었네.

네가 에고를 죽이러 숲으로 들어가도
이 물 없이는 결코 바그완을 찾지 못하리.

불은 신들과 인간들을 함께 태우고
람의 물은 자기 종들을 구원하였네.

이 세상 바다 한가운데 위안의 못이 있느니,

너희가 영원히 마셔도 마르지 않을.

카비르는 말한다,
"시바를 찬미하여라.
람의 물이 내 마른 목을 적셨도다."

———

'불'은 세속적인 욕망을 가리킨다. 오직 하나님만이 그것을 물로 끌 수
있다.

✿

오, 마드호!
목마름에는 끝이 없고
마실수록 불길은 높아만 가네.

당신은 저수지— 나는 그 속의 물고기.
물속에 나는 사는데,
물 없으면 곧장 죽음이렷다.

당신은 새장— 나는 당신의 어린 앵무새.
염라의 살쾡이가 어찌 나를 해치랴?

당신은 나무— 나는 한 마리 작은 새.
불행하여라,
당신을 보지 못하는 자들이여.

당신은 참 스승─ 나는 당신의 앳된 제자.

카비르는 말한다,
"오라. 우리 만나자. 이 마지막 순간에라도."

❁

내가 한님을 만유萬有에 스며 있는 분으로 알았을 때
어찌하여 사람들은 분개했던가?

나는 명성이 없어도 부끄럽지 않다,
누가 내 뒤를 따르지 않아도 상관없는 일이다.

내가 만일 사악하다면 악이 내 가슴에만 있는 것.
너희는 나와 함께 하지 않아도 된다.

내가 영예롭든지 영예롭지 않든지
너희가 부끄러울 것 없다.
겉치레가 벗겨질 때 너희는 들통나리라.

카비르는 말한다,
"온갖 영예가 하리에게 속한 것이로다.
모든 것 버리고 람을 예배하여라."

❃

벌거숭이 몸으로 네가 하나님을 찾을 수 있다면
저 숲속 짐승들 벌써 구원 받았겠다.

네 가슴 속 람은 보지 못하면서
옷 벗고 나체로 다니는 까닭이 무엇이냐?

머리를 배코 쳐서 영이 충만해진다면
저 양떼 모두 구원 받았겠다.

벗이여, 정액을 거두어서 구원을 이룬다면
환관들이야말로 위없는 성자들이겠구나.

카비르는 말한다,
"들어라, 남자들아, 형제들아,
람의 이름 없이 누가 구원을 받겠는가?"

——
벌거벗고 머리 밀고 정액을 거두는 이 모두가 요가 수련의 방편들이다.

❃

밤으로 낮으로 목욕재계하는 자들,
못 속의 안개 같구나.

제 가슴 속 람의 이름을 사랑하지 않으면서
모두가 염라의 권능에 붙잡혀 있네.

제 몸 아껴 온갖 장식으로 꾸미는 자들,
꿈속에서도 자비를 모르는구나.

배운 자들은 네 권의 베다를 모두 읽지만
오직 현자들만이 인생 고해苦海에서 위안 받으리.

카비르는 말한다,
"너희는 어찌하여 덧없는 탐닉에 빠져
더없이 향기로운 감로甘露를 마시지 않는 건가?"

❀

네 가슴이 다른 연인을 품는데
기도, 참회, 예배가 다 무슨 소용이랴?

벗이여, 너를 크리슈나에 묶어라.
지혜만으로는 비슈누를 만날 수 없느니.

탐욕과 대중을 기쁘게 해 주려는 마음 던져 버리고
욕정, 분노, 교만을 멀리하여라.

금욕과 훈련이 사람을 오만에 떨어뜨리매,

저마다 모여서 돌을 예배하는구나.

카비르는 말한다,
"나는 단순한 가슴이 되어
경건을 통해서 그분을 찾았노라.
내가 람을 만났노라."

❋

모태에 있을 동안 그대, 그대 계급을 몰랐다.
모두가 브라마의 씨로 태어나느니.

말하라, 석학碩學이여,
언제 그대 브라아민이 되었는가?
"나 브라아민이다"란 말로
그대 인생을 허비하지 마시라.

어떻게 그대 브라아민인가?
우리 어떻게 수드라인가?
어떻게 우리 핏줄로 살아 있는가?
그대 어떻게 어미젖으로 존재하는가?

카비르는 말한다,
"브라마를 명상하는 그 사람이
내 생각엔 브라아민이다."

───

힌두교 전통에서 어미젖은 신神의 음료다. 그래서 그것이 브라아민의 혈관에 흐른다고 본다. 반면에 피는 불순한 것이므로 천한 계급의 혈관에 흐른다.

✤

아무도 칠흑 같은 어둠 속에서 잠들 수 없다,
귀신 아니면 거지들이 아우성치는.

네 입술이 '람'을 부르지 않으면
언제까지나 태어남과 죽음 위에 눈물 뿌리리.

나무 제 그림자 드리우듯이 그렇게 숨지는 날,
말해다오, 네 재물 뉘 것이 되겠느냐?

악기 울리던 소리처럼 떠나간
영혼들의 비밀을 어찌 알겠느냐?

호수 위 백조인 양,
죽음이 몸 위로 내리는구나.

오, 카비르.
람의 비장秘藏된 신주神酒를 마셔라.

——
인간 존재는 나무, 악기, 호수와 같고 영혼은 나무의 그늘, 악기의 소리, 호수 위의 백조다. 인도 문학에서는 흔히 영혼을 백조라고 부른다.

❋

빛의 창조,
창조의 빛,
그 위에 피어나는
유리 혹은 진주 열매들.

어느 곳이 네가 겁 없이 살아갈
참으로 안전한 집인가?

너는 강변에서 하는 목욕으로
참 평화를 누릴 수 없다.
거기가 비록 사람들의
선행과 악행으로 바쁜 데지만.

선행과 악행,
둘 다 똑같은 것이다.
철인哲人의 돌은 네 집에 있으니
무슨 공적功績 따위 모두 잊어버려라.

카비르, 오락에 빠져서 잊지 마라,

꼴 없는 한님의 이름.

———

✻

생각과 개념을 넘어선 그분을
안다고 말하는 자들.
그 말 한마디로
천당 가는 줄 아는구나.

나는 천당이 어디 있는지 모르는데,
사람마다 이구동성으로
"나 거기 간다."
"나 거기 간다."

하지만 그런 말에는 위로가 없어.
교만이 너를 떠날 때,
그때에만 네 가슴 행복할 수 있지.

천당을 그리워하는 한限,
너는 그분 발치에서 살지 못한다.

카비르는 말한다,

"내 어찌 설명할 수 있을 만큼
충분히 그것을 알겠는가?
천당은 성자들 모임에서 찾아지는 것."

✾

태어나고 자라고 성숙하고 파멸하고
세계가 지나가는 것을 네 눈으로 보는구나.

창피하게 이런 말 남기며 죽지 마라.
"이 집 내 거다."
결국엔 아무것도 네 것 아니다.

네가 끝도 없이 네 몸을 돌본다만,
숨지면 타는 불 속에 던져진다.

향유와 향수를 손발에 바른다만,
이미 장작더미 속에서 불에 탄 것들이다.

카비르는 말한다,
"들어라, 철인哲人이여,
세계는 단지 사라지는 꼴들을 보일 따름이다."

❁

누가 죽었다고 왜 슬피 우느냐?
그가 혹 끝없이 산다면 그땐 마땅히 울어야겠지만.

나는 저 티끌처럼 죽지 않을 것이다,
생명의 주인, 그분을 만났기에.

네가 온갖 향유로 몸을 치장하면서
그 즐거움에 파묻혀 더없는 지복至福을 잊는구나.

작은 우물이 있고 두레박도 다섯 개나 있지만
줄이 끊어졌으니 그것들이 다 무엇이랴?

카비르는 말한다,
"명상이 깨어나는 그곳에,
작은 우물도 다섯 두레박도 없는 것이다."
——
'작은 우물'은 몸, 다섯 두레박은 다섯 감각.

❁

움츠리고 꼬물거리고 기고 날아다니는
저 모든 새들을 관통하여
이 몸은 태어났네.

오, 람이여,
태어남에서 태어남으로 헤매면서
숱한 몸으로 나 살았네.

요기, 고행자, 학생, 수도승—
나는 보좌의 왕이었고
골목의 거지였네.

그것들 모두 멀리서 죽었고,
성자들만 살아 있는데,
네 혀로 람의 감로甘露를 핥아라.

카비르는 말한다,
"프라부여, 자비를 베푸소서.
내가 고단하오니 나를 구원하소서."

———

'움츠리고 꼬물거리고 기고 날아다니는' 것은 영혼이 사람 몸으로 태
어나기까지 거치는, 움츠리고(산, 나무, 식물 등) 꼬물거리고(동물), 기고(벌
레), 나는(날개 달린 벌레와 새) 네 단계를 가리킨다.

❊

카비르, 참으로 이상한 광경을 보았지.
물을 우유인 줄 알고서 휘젓고,

나귀가 포도주를 마시고는
힝힝거리고 웃으며 저를 스스로 죽이고,

술 취한 황소가 고삐 풀려
날뛰며 풀 뜯으며 지옥으로 가더라.

카비르는 말한다,
"오락인 것이 발각되었다.
어미 양이 어린 양 젖을 마냥 빠는구나."

카비르는 말한다,
"람을 깊이 명상하여 마음이 밝아졌지.
구루가 내게 깨달음을 주셨지."

———
마지막 두 대구對句는 구루 아르얀 데브의 것. 수수께끼 질문에 대한,
람을 깊이 명상하면 마음이 밝아지고 마음이 밝아지면 미혹이 걷힌다
는 답.

✼

물을 버리고 마른 땅으로 나온 물고기처럼
내 모든 전생前生을 탓하지 않는다.

람이여, 말해 주시오,
무슨 일이 일어나고 있는 겁니까?

내가 베나레스를 떠난 게 바보짓이었나요?

너는 평생을 시바의 도성에서 낭비하더니
죽을 때가 되어 마가하르로 자리를 옮겼구나.

너는 여러 해를 베나레스에서 예배하더니
죽어 가는 마당을 마가하르에다 펼치고 있구나.

네가 베나레스와 마가하르를 같은 곳으로 아는데
그 설익은 경건으로 어찌 강을 건너겠느냐?

나는 말한다,
"가네샤와 시바를 모르는 자 누구랴?
하지만, 카비르는 죽어서도 람을 기억하노라."

———

힌두 전통에 의하면 베나레스에서 죽은 사람은 곧장 구원 받고, 저주
받은 도성 마가하르에서 죽은 사람은 나귀로 환생한다. 헤엄쳐 강을 건
너는 것은 일반적으로 구원 받는 것을 의미한다. 세상은 무서운 강, 인
생은 거기서 헤엄치는 것, 강을 건너는 것은 구원의 기슭에 이르는 것.

✿

향유와 향수로 온몸을 마사지하고,
그 몸을 쌓인 장작더미에 던져 불태우네.

육신과 재물의 광휘는 어디 있는가?
그것들은 땅에 남아서 너와 함께 갈 수 없다.

사람들이 낮에 일하고 밤에 잠들면서,
한순간도 하리의 이름을 부르지 않는구나.

손에는 연鳶줄, 입에는 후추 잎,
시신들이 잡힌 도둑처럼 꽁꽁 묶여 있네.

구루의 지혜로 안내 받아
기쁨으로 하리를 노래하는 이들,
오직 람을 기억하는 것으로 위안을 얻는다.

그분이 자비로 당신 이름을 놓아둔 곳,
그 가슴에서,
하리, 하리의 달콤한 향내가 풍기네.

카비르는 말한다,
"이보게, 눈먼 사람아,
생각해 보시게,
람이 진실이요 만사가 헛것이라네."

———
후추 잎 씹고 연鳶 날리는 것은 인도 전통에서 하찮은 인생의 전형典型.

✿

염라는 람이 되었고
슬픔은 물러갔고
위안이 자리 잡았다.
적들은 친구로 되었고
불경한 자들은 성자로 되었다.

온갖 지복至福이 내게 드러났고
고빈드를 보았을 때 나는 평화로워졌다.

백만 가지 고난을 지닌 이 몸—
그 모든 고난이 영원한 기쁨으로 되었다.
너 자신과 네 질병을 바로 알면
세 가지 열병이 너를 건드리지 못하리.

바야흐로 내 가슴은 원초原初로 돌아가고
죽기 전에 죽어서 나는 알았다.

카비르는 말한다,
"나는 지복에 융화融化되어
아무도 겁나지 않고
아무도 겁주지 않는다."

———
'세 가지 열병'은 아디(정신적 고통), 비아디(육체적 고통), 우파디(외부에서

30

오는 고통). 여기서 말하는 '열熱'은 산스크리트어로 '타파스'인데, 신열身
熱을 의미한다.

❋

몸이 죽을 때 영혼은 어디로 가나?
구루 말하기를,
움직임도 끝도 없는 한님에 융화融化된다고.
람을 아는 이들은 쉽게 알아듣지—
꿀 먹은 벙어리처럼.

반와리가 깨달음의 베일을 걷는구나.
오, 내 영혼아,
코허리에 숨을 모아라.

다른 모든 걸 소용없게 만드는 구루를 찾아라.
다른 모든 걸 싱겁게 만드는 쾌락을 즐겨라.
다른 모든 걸 어둡게 만드는 깨침을 얻어라.
그렇게 죽어라,
다시는 죽음을 보지 않도록.

나, 갠지스를 되돌려 야무나*와 섞는다.
내 가슴속 합수머리,

---

* 갠지스 강 최대 지류인 인도 북부의 강.

물 없는 곳에서 목욕하고
내 눈은 모든 것을 똑같이 본다.
이게 내 길이다.
진실을 묵상하면서
어찌 다른 것들을 생각하랴?

물, 불, 공기, 흙, 하늘,
저 모든 것들처럼,
나, 하리 가까이에서 살아간다.

카비르는 말한다,
"나, 니란잔을 기억하고,
다시는 나오지 않을 그 집으로 돌아간다."

——

"나, 갠지스를 되돌려 야무나와 섞는다." 요가의 호흡 수련. 왼쪽 콧구
멍('이라)으로 숨을 들이쉬며 '옴'을 열여섯 번 말하고, 두 콧구멍이 만
나는 코허리에서 숨을 멈춘다. 그런 다음 오른쪽 콧구멍('핑갈라')으로
숨을 내쉬며 '옹'을 열여섯 번 말하고, 다음 단계로 들어가 숨을 열 번
째 문('다샴 드와르' 또는 두뇌로 끌어올린다. 이 문이 열리면 두뇌가 뜨
거워지면서 신주神酒가 방울져 혀로 떨어진다. 이 모든 과정이 증류주
를 내리는 것과 비슷하다.

갠지스를 되돌려 야무나와 섞는다는 말은 '트리 베니'(세 흐름)인 갠지
스, 야무나, 사라스와티가 북쪽 알라하바드(고대에는 프라야그)에서 합수
되는 것을 가리킴. (사라스와티는 땅 속으로 흐른다.) 힌두들의 성지이고 순
례자들이 거기서 목욕한다. 여기에서는 요가 수련의 세 호흡이 두뇌로

돌아가는 것을 암시한다.

❖

순금덩이로는 그분을 살 수 없어,
내 가슴을 팔아서 람을 산다.
이제 나는 안다,
람이 바로 내 것이라,
내 가슴이 다른 위안을 찾지 않는 것을.

브라마의 설명으로는 닿을 수 없는
나의 집, 람으로
내 신앙이 나를 데려간다.

카비르는 말한다,
"람을 섬기는 것이 내 운명이라,
이제 더 방황하지 않으리."

───

무한하고 더없이 높은 람이 브라마를 대리자로 삼아 세계를 창조하셨
다. 카비르에게는 브라마가 람 궁전의 유일한 조신朝臣이고 나머지는
모두 그분의 피조물이다. 람을 노래한 네 권의 베다를 브라마가 처음
읊었다. 카비르가 볼 때 베다는 비록 방대하지만 람의 본질을 모두 담
지 못했다. 따라서 브라마는 람의 속성들을 계속 읊어야 한다.

❖

온 세상을 겁주는 죽음이,
구루의 말씀으로,
그 정체를 내게 드러내었다.

람을 모르는 자들은 영원히 죽거니와,
이제 나, 어찌 죽을 수 있으랴,
죽음을 이미 받아들였거늘.

저마다 죽음을 말하느라고
시끄러운데
조용히 죽는 이들은 영원불멸이다.

카비르는 말한다,
"내 가슴은 지복至福으로 충만하고,
미신迷信은 달아나고,
더없는 위안이 남아 있구나."

❖

내 비록 고단하여도,
연고軟膏 바를 데 찾을 수 없고 상처도 없다.

람 향한 경건은 날카로운 화살,

그것을 느끼는 자들만 아픔을 안다.

나는 사랑하는 여인들을 모두 본다.
하지만 그들 가운데 누가 과연
자기 남편의 사랑을 받는지 어찌 알겠는가?

카비르는 말한다,
"모든 걸 포기하고 선善을 품은 여인,
신랑이 와서 그를 안아 주리라."

—

마지막 구절을 문자 그대로 읽으면 이렇다. "카비르는 말한다. 신랑이 와서, 자기 운명을 이마에 새긴 그녀와, 다른 모든 것들 버려두고, 하나 되리라." 인도 민간전승에 따르면 사람은 자기 운명을 이마에 새기고 태어난다.

✽

오, 내 형제여,
하리를 주인으로 모시는 그들을
한없는 구원이 초대한다.

오, 람이여,
내 희망은 오직 당신 안에—
나, 아무도 고맙지 않다.

삼계三界를 무겁게 지고 있는 나를
그분이 어찌 먹이지 않겠는가?

카비르는 말한다,
"여기 내가 떠올린 지혜가 있다.
어미가 독毒을 주는데,
네가 무엇을 할 수 있겠느냐?"

❊

진심 없이 어떻게 한 여인이
순사殉死할 수 있겠나?
이보게, 석학碩學,
자네 가슴으로 보고 생각하시게.

사랑 없이 어떻게 사랑할 수 있고,
마야의 쾌락을 맛보면서,
어떻게 사랑하지 않을 수 있겠는가?

제 가슴속에서 여왕이 되려고
마야를 붙잡는 자들은
꿈에서도 람을 만날 수 없다네.

카비르는 말한다,
"제 몸과 가슴과 재물과 집을

모두 기꺼이 내어주는,
그 여인이 참으로 황홀한 아내다."

❋

온 세계가 마야에 홀렸구나.
같은 마야가 온 집안을 익사시키는구나.

오, 사람아,
너는 어떻게 그 넓고 깨끗한 곳에서
뗏목을 파선시켰더냐?
네가 하리를 등지고 나와
마야에 코가 꿰였기 때문이다.

신들과 인간들이 불에 타는데,
불길이 치솟는데,
가까운 곳에 우물이 있건만,
짐승들이 물을 마시지 않는구나.

명상으로만, 명상으로만,
물은 솟구치는 법.

카비르는 말한다,
"그 물은 깨끗한 물이다."

❋

집안에서 아들이 신의 지혜를 명상하지 않으면
그 어미가 돌계집이었으면 좋았을 것이다.

한 번도 람을 섬기지 않는 인간이
어째서 태어나자마자
죄인으로 죽지 않았단 말인가?

많은 자궁들이 유산하는데
그는 어떻게 건져졌더란 말인가?
저가 세상에서 앉은뱅이처럼 사는구나.

카비르는 말한다,
"그분이 없으면,
아름다운 멋쟁이들 모두 흉물 꼽추다."

❋

나는 주인의 이름 부르는 이들에게
바쳐진 한 묶음 봉헌 제물.

순결한 하리를 기리는 순결한 이들은,
내 가슴속 사랑스러운 형제들.

나는 그들의 꽃 같은
발등의 티끌.
그들 가슴이 람으로 흘러넘치는데,

계층으로는 직조공,
가슴으로는 참을성.
천천히, 천천히
카비르는 그분의 덕을 칭송한다네.

❋

하늘은 증류기, 감미로운 신주神酒가 듣는.
저 최고급 소주를 위하여
나는 내 몸을 장작으로 삼았다.

지혜 명상으로 람의 포도주 마시는 이들을
초대하고 또 초대한다.

저 든든한 술집 접대부를 만난 뒤로
내 모든 날들이 행복한 취흥 속에 흘러가는데,

위없는 지복至福을 맛보면서
나는 내 마음을 니란잔에게 돌렸다.

카비르는 말한다,

"내가 밝음을 찾았노라."

✽

네 가슴의 바탕이 네 마음을 결정한다.
가슴을 질식시키고 어떻게 깨달을 수 있겠느냐?

어느 고행苦行이 그 가슴을 순사殉死시켰던가?
나에게 말해다오,
누가 제 가슴을 틀어막고 헤엄쳐 건넜더냐?

사람들은 자기 가슴에 있는 걸 말한다지만,
먼저 네 가슴을 품지 않으면 경건할 수 없는 것이다.

카비르는 말한다,
"비밀을 아는 이들이
삼계三界의 보존자, 마드후수단처럼 되느니."

✽

내가 보는 하늘의 저 모든 별들,
어느 화가의 붓질인가?

말해다오, 석학碩學이여,
무엇이 저 하늘 엮고 있는가?

현자만이 저 너울 벗길 수 있으리.

해와 달은 빛을 뿌리고
만물은 브라마의 빛으로 충만하다.

카비르는 말한다,
"가슴속에 람이 있고,
혀 위에 람이 있는,
오직 그들만이 알 것이다."

❀

형제들이여,
베다들의 딸 스므리티,
그녀가 사슬과 끈을 가져왔다네.

사랑의 올가미로
제 도성을 옭아매고
죽음의 활시위를 당겼지.

매듭은 끊어지지 않고 풀 수도 없어,
그대로 한 마리 뱀이 되어 세상을 삼킨다네.

그녀의 뿌리,
땅을 나는 보았지.

카비르는 말한다,
"나는 '람'을 말하여, 자유롭게 벗어났노라."

———

'스므리티의 사슬'은 신분의 계급 체계와 인간을 구속하는 운명(카르마)
을 가리킨다.

✿

가슴에 재갈과 굴레를 씌우고,
다른 모든 것 포기하고,
나는 창공을 건너질러 내달린다.

생각은 나의 안장鞍裝,
발은 평화의 등자鐙子 위에.

자, 내가 너를 하늘로 데려가게 해다오.
네가 뒤로 처지면,
사랑의 채찍으로 너를 치리라.

카비르는 말한다,
"거룩한 책들한테서 멀리 떨어져 나온
그들만이 괜찮은 기수騎手들이다."

❖

불 위에 놓인 다섯 가지 선식仙食을
모두 맛본 입을 나는 보았네.

불에 타고 자궁에 매달리면서—
나의 존경하올 람,
이 모든 고통을 옮겨 주시네.

육신이 소멸되는 길은 여러 가지.
불에 타기도 하고,
혹은 땅에 묻히기도 하고.

카비르는 말한다,
"하리, 당신의 발을 내게 보여 주소서.
원하신다면 그 뒤에 나를 염라한테 보내소서."

——

'다섯 가지 선식仙食'은 우유, 요구르트, 버터, 설탕 그리고 꿀.

❖

그는 불,
그는 바람,
주인이 지핀 불인데,
누가 그것을 끌 수 있으랴?

내 몸을 불태워라,
나는 람을 찬미하노라.
내 가슴이 람의 이름에 녹아들었다.

누가 불에 탔는가?
누가 상처를 입었는가?
사랑파니가 여러 규칙으로 놀고 있는 것.

카비르는 말한다,
"당신이 주인이면 당신이 나를 구원하리라."

❋

한 번도 나는 요가 수련에 눈길을 주지 않았다.
놔 버리지 않고는 아무도 마야에서 벗어날 수 없는 것을.

람의 이름을 버팀목으로 삼지 않고서
어떻게 똑바로 서겠다는 것인가?

카비르는 말한다,
"하늘 끝까지 찾아봤지만 람 같은 이 보지 못했네."

❋

터번으로 정성스레 동여매던 그 머리,

이제 까마귀 부리 끝으로 다시 손질 받는구나.

몸과 재물로 무슨 그런 교만을 부리면서,
어찌하여 람의 이름 안에 있는
안식처를 찾지 않는가?

카비르는 말한다,
"들어라, 오, 내 가슴아,
같은 일이 시방 너한테서 벌어지고 있다."

———

시체 먹는 까마귀; 여러 문화에서 나타나는 오래된 모티브다. 고대 앵
글로색슨 시편들에서 까마귀는 늑대, 독수리와 함께 시체로 잔치를 벌
인다.

❖

안락을 구했을 때 얻은 건 고통이었다.
안락을 구하듯이 나는 평화를 구하지 않았다.

마음에 마야를 지니고 우리는 안락을 희망한다.
우리가 어떻게 람과 함께 살 것인가?

안락이, 시바와 브라마도 꺼리던 그 안락이,
내게는 잡아야 할 소중한 가치였다.

브라마의 네 아들과 성 나라다 그리고 셰스나가는
제 몸 안에 있는 영혼을 결코 알지 못했다.

오, 내 형제들이여, 영혼을 찾아라.
그것이 몸을 떠날 때 어디로 흡수될 것인가?

구루의 은혜로 야이데브와 남데브,
사랑을 통해 경건을 배웠지.

영혼은 거듭해서 오고가지 않으리라.
더 이상 현혹되지 않는 자들이 진실을 안다.

영혼은 꼴도 없고 겉모습도 없다.
명에 따라서 만들어졌고
명에 따라서 흡수될 뿐.

영혼의 비밀을 아는 자들,
영혼의 길을 좇아서,
평화 주시는 분 안으로 흡수되리라.

많은 몸들의 한 큰 영혼one Soul,
그 큰 영혼을
카비르는 예배한다.

——

브라마의 네 아들: 사나카, 사난다나, 사나타나, 사나트쿠마르.

❖

밤낮으로 깨어서
한 이름 부르는 이들,
사랑을 베풀어 성자로 된다.

고행자들 은수자들 모두 실패하는데,
그분 이름 홀로 뗏목으로 되어
우리를 건너편으로 데려갈 나무이시다.

말하라, "하리, 하리"라고.
네가 그분한테서 떨어지지 않으리라.

카비르는 말한다,
"나는 람의 이름을 안다."

❖

철면피 영혼이여, 부끄럽지 않은가?
너는 하리를 버리고 이제 어디로 가려는가?

네 주인이 저리도 높고 강하신데
네가 이리저리 떠도는 건 마땅찮은 일이다.

주인이 만유에 스며들어 계시고,

하리는 없는 데가 없으시니,
결코 멀리 떨어져 있는 게 아니다.

락슈미인들 누구 발치에 쉼터를 마련하랴?
벗이여, 말해다오.
그분 집에 무엇이 부족하겠는가?

입 달린 자마다 말하는 그분은 강하신 분—
우리의 힘, 우리의 보호자시다.

카비르는 말한다,
"가슴에 다른 아무도 살지 않는,
그들이 세상의 진실로 순결한 이들이다."

❋

누가 진정 아들을 가졌는가?
누가 아버지를?
누가 진정 죽는가?
누가 상처를 입힐 수 있는가?

야바위꾼 하리가 세계를
마약으로 취하게 하는구나.
하지만, 어머니,
하리 없이 나는 살 수가 없답니다.

누가 진정 남편을 가졌는가?
누가 아내를?
이에 대하여 생각해 보라.
지금 너는 잠시 사람 모양으로 있는 것이다.

카비르는 말한다.
"야바위꾼과 더불어 내 가슴은 행복하다.
마약은 효력이 닳아 버렸고 이제 나는 그분을 안다."

———

둘째 연聯에서 하리가 야바위꾼에 견주어진다. 야바위꾼은 '속임수' 또
는 '협잡'을 의미하는 힌디어 '다그'에서 온 말이다. 다그는 여신女神 칼
리를 위하여 희생 제물을 질식시킨다. 희생 제물은 질식당하기 전에
가시독말풀로 만든 음료를 마시고 무의식 상태가 된다.

❊

라자 람이 나의 후원자 되시어,
내가 태어남과 죽음을 벗어 버리고,
바야흐로 위없는 경지에 이르렀노라.

그분이 나를 성자들 가운데 세우셨고
다섯 가지 죄에서 건져 주셨다.
내 혀는 그분의 달콤한 이름 거듭 부르고,
그분은 나를 구매하지 않은 종으로 삼으셨도다.

참 구루가 나를 사랑하셨고
나를 이 세상 고해에서 구출하셨다.
나는 그분의 성찬을 사랑하고
고빈드는 내 생각 속에 영원히 사신다.

마야의 타오르는 불꽃이 꺼진 것은
그분 이름으로 내 가슴이 평화를 알았기 때문이요,
주인 프라부가 물과 뭍에 현존하시니
내 눈길 닿는 곳마다 거기 안타르야미가 있도다.

그분이 몸소 나를 당신의 신봉자로 삼으셨으니,
오, 나의 형제들이여,
그럴 운명이면 그대들 또한 그분을 만날 수 있다.
그분이 자비를 베푸시면
그대들도 이 일을 이룰 수 있다.
카비르의 스와미는 가난한 이들을 먹이시는 분.

❊

불결한 것은 물,
불결한 것은 땅,
불결한 것은 태어남,
불결한 것은 모든 태어난 것들,
불결한 것은 죽은 것들,
불결한 것은 세상의 얼룩들.

여보게, 석학碩學,
무엇이 진정 순결한가?
말해 보시게.
벗이여,
내게 보여 주시게.

불결한 것은 눈,
불결한 것은 혀,
불결한 것은 귀,
불결한 것은 너.
서 있든지 앉아 있든지,
불결함이 부엌을 더럽히는데,

누구나 덫에 걸릴 수 있지만
거기서 빠져나올 줄 아는 자 별로 없네.

카비르는 말한다,
"가슴으로 람을 명상하는 사람들,
그들은 결코 더럽지 않다."

———
불결함이 부엌을 더럽힌다는 말은 힌두 상위 계급에서 한 번 쓴 그릇들을 불결하다고 여겨 부엌세간을 매일 손질하는 것을 가리킨다. 또한 그러기 위해 아침마다 아궁이를 새 흙으로 바른다.

✣

오, 람이여,
당신 종의 섬김을 받고자 하신다면
이 언쟁 하나 정리해 주십시오.

영혼이 더 큰가?
그것이 안으로 흡수되는 게 더 큰가?
람이 더 큰가?
그분을 아는 자들이 더 큰가?

브라마가 더 큰가?
그를 지으신 이가 더 큰가?
베다들이 더 큰가?
그것들이 거기서 나온 근원이 더 큰가?

카비르는 말한다,
"나는 마음을 정할 수가 없구나.
순례가 더 큰지 아니면 하리의 종이 더 큰지."

—

이 노래는 카비르가 스승인 라마난다에게 보낸 것으로 알려져 있다.

✣

보아라, 형제들아,

지식의 폭풍이 일어 미신迷信의 갈대밭을 걷으니
더 이상 마야에 묶여 있는 것이 없구나.

의혹의 기둥은 부러지고,
속된 사랑의 들보는 꺾이고,
탐욕의 지붕은 가라앉고,
바보짓 항아리는 깨어졌다.

폭풍의 뒤를 잇는 비에,
그대들의 종이 흠뻑 젖었다.

카비르는 말한다,
"태양이 떠오를 때 내 가슴은 빛난다."

❖

하리를 찬미하지도 않고,
그 노래를 듣지도 않으면서,
하늘이라도 끌어내릴 듯 허풍을 떠네.

프라부가 멀리 거리를 두는
그런 자들에 대하여,
새삼 무슨 말을 하려는 건가?

저는 물 한 모금 주지 않으면서,

흐르는 갠지스처럼 베푸는 이들을 비난하고,

굽은 길만 골라 걸으며 자신을 파멸하더니,
이젠 남들마저 파멸하려 하는구나.

헐뜯고 욕하는 것 말고는 할 줄 아는 게 없고,
브라마가 말해도 들을 줄 모르네.

자기를 잃어버리고
남들까지 헤매게 하면서
불타는 집에서 잠을 자는구나.

남을 보는 대로 비웃는 저 애꾸눈들,
저들을 보는 것만으로 카비르는 부끄럽구나.

❋

부모 살았을 땐 돌보지 않더니
저들이 죽자 스라드하를 바치는구나.
말해다오, 가련한 부모가 어떻게
까마귀와 개들이 먹는 걸 함께 먹으란 말이냐?

너희는 나에게 복 많이 받으라고 말하지만,
그놈의 복, 복, 듣기만으로도 지겹다.
너희가 무슨 수로 내게 복을 준단 말이냐?

너희는 흙으로 여신과 남신을 만들고
그것들한테 산 제물을 바치면서,
그것들을 일컬어 조상님들이라고 부른다.
그들한테 없는 것을 어떻게 달라고 하는 거냐?

살아 있는 것들을 찍어 넘기고
그것들로 죽은 것들을 예배하는구나.
종당에는 헛고생일 뿐인 것을.

너희는 람의 이름이 무엇인 줄 끝내 모르고
그래서 두려움의 바다에 빠져 죽는다.

너희가 브라마 너머에 계신 분을 까맣게 모른 채
여신과 남신과 제 어리석음을 예배하는구나.

카비르는 말한다,
"너희는 마야에 덮씌워져
'계급 없는 이'를 생각조차 못한다."

———
스라드하는 죽은 조상들에게 바치는 음식이다. 그 음식은 브라아민,
까마귀, 다른 새들과 짐승들이 먹는데, 그것들을 통하여 음식이 조상
들에게 전해진다고 믿는다.

❄

살아 있을 때 죽어라.
죽을 때 살아라.
그리고 침묵 속에 녹아들어라.
불결한 것들 가운데서 순결을 지키면
두 번 다시 세상 고해에 태어나지 않으리니.

오, 나의 람이여, 당신 우유를 저으십시오.
구루의 충고가 마음을 고요케 하니
내가 신주神酒를 마시나이다.

오, 나의 형제여.
바람이 연鳶을 사방으로 날려 보내도
연줄은 사랑에 단단히 매여 있느니.

이별의 슬픔으로 울던 영혼,
침묵 속에 녹아들었고
불안과 악한 생각들 모두 날아가 버렸어라.

카비르는 말한다,
"람의 이름과 사랑에 빠져 나는 기적을 체험하였다."

＊

숨을 들이쉬고 숨을 내쉬며
내 마음 고요를 사랑하게 되었지.
그분은 오지도 가지도 않고
그분은 죽지도 나지도 않네.
오, 바이라기,
그분을 찾아 나서라.

오, 내 영혼이여,
가슴을 올리고 가슴을 내리며
그분 안으로 녹아들었네.
구루의 은혜로 이 마음 바뀌기까지
나, 아무것도 아닌 나그네였지.

그분의 실재를 받아들이는 자들에게는
가까운 것이 멀고 먼 것이 가깝네.
설탕으로 빙수를 만들거니와,
그것을 마신 자들이나 그 맛 알겠지.

오, 니르군,
내가 누구한테 당신 이야기를 할 것인가?
누가 그토록 지혜로울 수 있으랴?

카비르는 말한다,

"불을 붙이는 이들만이 불꽃을 보네."

———

요가에 따르면 사람 몸에는 물라드하라 차크라(항문), 스와드히샤나 차크라(생식기), 마니푸라 차크라(배꼽), 아나하타 차크라(가슴), 비슈드하 차크라(목구멍), 아그야 차크라(양미간) 여섯 '차크라'天空가 있다. 명상하기 전, 요기들은 항문 근처에 있는 쿤달리니 맥脈을 통하여 숨을 열 번째 문인 정수리까지 올라가게 한다.

❁

저 너머, 거기엔
비도 바다도,
햇살도 그림자도 없고,
저 너머, 거기엔
창조도 파멸도,
삶도 죽음도,
슬픔도 기쁨도 없고,
저 너머, 거기엔
홀로 있기도 명상도 없네.

영원한 그곳을 무슨 말로 설명할까?

저 너머, 거기서는
아무것도 잴 수 없고
비울 수 없고,

아무것도 가볍지 않고
무겁지 않고.

저 너머, 거기엔
높음도 없고 낮음도 없고
저 너머, 거기엔
밤도 없고 낮도 없고
저 너머, 거기엔
물도 공기도 불도 없고
저 너머, 거기엔
모든 것 허용하는 참 구루가 있을 뿐.

생각 너머,
말로 표현되지 않는 영원한 한님,
구루의 은혜로
그분을 찾을 수 있네.

카비르는 말한다,
"구루에게 나 자신을 바치노니,
바라건대 그분의 참 존재에 융화融化되기를."

❃

너희는 암소를 두 마리 샀다,
한 마리는 죄,

다른 것은 사랑.
숨을 밑천 삼아 너희는 태어났다.
가슴마다 욕망의 자루 안고,
등에는 짐 가득 신고서 팔려나갔다.

나의 람이 그 상인이다,
모든 사람을 장사꾼으로 만드는.

욕정과 분노는 세리稅吏들,
마음속 충동은 강도떼.
이것들이 다섯 부하를 이끌고
선물을 약탈하는 동안
등짐들은 저편 기슭으로 건너간다.

카비르는 말한다,
"오, 현자들이여,
들어라, 이것이 현주소다.
암소 한 마리 산을 오르느라 헐떡이다가
등짐 모두 떨어뜨리고 달아나 버렸다."

———

셋째 연聯의 선물은 생명의 선물, 호흡의 선물.

❋

처녀는 제 아비 집에 당분간 머물러 있다가,

이윽고 때가 되면 시댁으로 가야 한다.
맹인들은 그것을 볼 수 없고
바보 천치들 또한 볼 수가 없지.

보라, 신부는 겨우 속옷만 걸쳤는데—
어느새 손님들이 들이닥쳐 그녀를 데려간다.

저기 있는 우물이 보이는가?
두레박줄을 내리는 저 처녀는 누군가?
두레박줄은 끊어지고
물 긷던 처녀는 떠나 버렸다.

친절하고 자애로운 남편을 만나면
그녀는 수선修繕될 것이고,
오직 그녀만이,
주인 말을 기억하고
배워서 아는 착실한 아내로 된다.

다른 여인들은 과거 행실에 묶인 채,
이리저리 헤매고 다니는데—
보라, 그리고 생각하라.
뉘 있어 그녀를 나무랄 것인가?
그 가련한 여인이 뭘 할 수 있겠는가?

그녀가 일어나서 떠난다,

채워지지 않은 희망을 안고서.
그녀 마음은 결코 평안치 못하다.

오, 카비르,
네 쉼터를 하리의 발치에 마련하여라.

✽

요가만이 좋고 달콤하다고,
다른 건 모두 아니라고,
요기들은 말하지.
오, 나의 형제들이여,
대머리 고행자들과 고사인 은수자들,
자기네만 깨달음을 이루었다고 떠들어 대지.

하리는 아무 데도 없고,
눈먼 자들이 미신 속에서 헤매고 있었네.
자유를 얻으려고 그들을 찾아갔지만
스스로 밧줄에 묶여들 있었지.

세계는 처음 창조되었을 때와 다름없이 그대로인데,
그래서 미신 속에 분실되었는데,
저 석학碩學들과 훌륭하신 덕망가들과
관대하신 어른들께선 저마다 자기가 으뜸이라고…

그분의 수수께끼를 받은 이들만 추측할 수 있지.
우리가 추측 없이 어떻게 살 수 있겠는가?
참 구루를 만날 때 어둠이 걷히느니—
오시게, 와서 보석을 받으시게.
덧없는 행실 모두 버리고 하리의 발치에서 안식하시게.

카비르는 말한다,
"꿀 먹은 벙어리— 물어본들 뭐라고 답하겠는가?"

———

어떤 요기들은 온몸의 털을 밀고 어떤 요기들은 머리털만 민다. 고사
인 은수자들은 고사인 닷타의 제자들인데, 가슴을 밧줄로 묶고 동냥그
릇을 들고 다니며 서로 만나면 "아클라, 아클라"('보이지 않는 분')라고 인
사한다. 그래서 '에크사아디'(한 마디 성자)라고 불린다.

❀

한때 뭐가 차지했던 자리,
지금은 아무것도 없네.
다섯 요소들 모두 가 버렸네.
형제여, 그대 코를 공중에 들어 올리고
바람의 피리 앞에서 멈추곤 했지.
그 모든 희롱戱弄, 지금은 어디에 있나?

생명 줄은 끊어지고 하늘은 무너지고—
그대 그 많던 말들 모두 어디에 있는가?

63

밤낮으로 물어 보지만 아무도 답하지 않는구먼.

세상은 여전히 여기 있는데
몸은 간 곳이 없고,
철인哲人도 가 버렸고,
모든 걸 연결 짓는 그이 홀로
외로이 계시는데—
그분 같은 이가 어디 또 있으랴?

먼저 생성되고 파멸되지 않았으면,
만물은 서로 연결될 수도 없고
서로 떨어질 수도 없는 것.
과연 누가 제 주인을 가지는가?
누가 제 종을?
누가 누구한테로 가는가?

카비르는 말한다,
"밤낮 없이 내 생각들은
그분 머무시는 곳으로 돌아간다.
그분은 생성과 파멸 너머에 계시니,
오직 그분 홀로 당신의 비밀을 아신다."

❀

명상과 예배는 나의 귀걸이,

나의 속옷,
나의 거지 방석.
세상을 포기함은 나의 종파宗派.
침묵 동굴에서 나, 요가 자세로 앉아 있네.

왕이여, 나는 사랑의 요기,
죽음도 이별도 슬프게 울지 않는다.

세상 모든 곳에 내 소라피리 불어 보내니
불타는 이 세계는 나의 재떨이.
삼중三重 마야를 밀어 올리는 게 나의 요가 자세.
비록 한 집안의 가장이지만 이리하여 나는 구원 받았다.

내 가슴과 숨을 두 수금豎琴으로 삼으매
영겁永劫이 그것들 몸통이다.
겹으로 된 줄은 끊어지지 아니하고
이 수금, 타는 이 없이 저 혼자 노래한다.

저 소리 들어라, 내 가슴아, 듣고 취하여라.
파도처럼 밀려드는 마야에 나, 흔들리지 않는다.

카비르는 말한다,
"이렇게 놀 줄 아는 고행자, 다시 태어나지 않으리."

———
고행자들은 흔히 양쪽 귀를 뚫고 귀걸이를 하고는 넝마를 걸치고 몸에 바르는 재를 주머니에 넣고 다닌다. 소라피리를 불고 다니는 종파도 있고 수금을 타며 노래하는 종파도 있다.

'삼중 마야'는 모든 사물에 스며들어 있는 세 가지 '구나'guna(요소, 성품) 인 삿트바(선 또는 밝음), 라자스(열정, 능동), 타마스(어둠)를 말한다. 이 성질들이 모든 사물에 서로 얽혀 있다.

❀

빛이 한번 빛에 섞이면
어떻게 다시 나뉠 수 있으랴?
그분 이름을 담지 않은 가슴들은
스스로 폭발하여 죽고 만다.

오, 나의 아름다운 황갈색 람이여,
이 마음 오직 당신뿐입니다.

성자 한번 만나면 완전해질 터인데—
요가와 쾌감이 무슨 소용이랴?
너희 둘이 만났을 때 모든 것이 끝장나는 것은
함께 람의 이름에 섞여 들었기 때문이다.

이것이 하나의 노래라고 사람들은 생각하지만—
이건 브라마에 대한 명상이다,
베나레스에서 사람들이 자기 죽음 내다보며
시바의 말을 듣는 것 같은.

누구든지 하리 이름을 간절히 부르는 사람,
카비르는 말한다,
"그 사람이 위없는 경지에 이르리라는 건,
의심할 나위 없이 분명한 사실이다."

❋

그토록 많은 사람들이 애를 쓰지만
여전히 그들은 물에 익사한다.
오, 나의 형제여,
그들은 이 세상 고해를 헤엄쳐 건널 수 없다.
의전儀典과 규범을 준수하고
맹세한 바를 지키지만,
오, 나의 형제여,
여전히 그들 가슴은 교만으로 불타고 있다.

오, 나의 형제여,
어쩌자고 생명과 숨을 주시는 타쿠르를 잊었는가?
태어남은 값진 다이아몬드요 루비인데,
오, 나의 형제여,
하찮은 조개껍질 때문에 그것을 망쳤는가?

미신迷信에 대한 갈망과 동경
그리고 굶주림이 너를 붙잡고 있는데,
오, 나의 형제여,

너는 네 영혼에 구루의 말을 받아들이지 않았다.
쾌락을 향한 탐욕이 너를 휘몰아 왔다.
오, 나의 형제여,
너는 악의 향락에 도취되었다.
선한 행실로 현인들과 함께 하는 이들은,
오, 나의 형제여,
뗏목에 실린 쇳덩이 같은 사람들이다.

나는 태어남에서 태어남으로 떠도는 일에
싫증이 났다. 오, 나의 형제여,
슬픔의 무거운 짐에 그만 지쳐 버렸다.

카비르는 말한다,
"구루와 만나서 더없는 쾌락을 얻는구나.
오, 나의 형제여,
사랑과 경건이 너를 건너편으로 데려가리라."

———

조개껍질이 화폐로 사용되었다.

�֎

종이로 만든 코끼리 같은 것이,
오, 나의 어리석은 가슴아,
야그디쉬의 게임이다.
탐욕에 눈이 멀어,

오, 나의 어리석은 가슴아,
코끼리는 붙잡혔고
이제 몽둥이찜질을 당해야 한다.

악을 멀리하여 하리 속으로 녹아들어라,
오, 나의 어리석은 가슴아,
이해하는 법을 배워라.
너는 겁 없이 하리를 찬미하지 않았고,
오, 나의 어리석은 가슴아,
람의 양떼를 먹이지도 않았다.

겨우 한 줌 곡물에,
오, 나의 어리석은 가슴아,
원숭이는 손을 내밀고,
겁이 나서 도망칠 궁리를 하면서도,
오, 나의 어리석은 가슴아,
집집마다 다니며 여전히 춤을 춘다.

덫에 걸려든 앵무새 같은 것이,
오, 나의 어리석은 가슴아,
마야의 길이다.
금방 퇴색하는 홍화 색깔 같은 것이,
오, 나의 어리석은 가슴아,
이 세상 황홀경이다.

세계는 네가 목욕할 거룩한 물들로 가득하고,
오, 나의 어리석은 가슴아,
네가 예배할 신들도 아주 많다.
카비르는 말한다,
"하지만 그것들은 너를 풀어 주지 못한다,
오, 나의 어리석은 가슴아,
하리의 종만이 너를 자유롭게 풀어줄 수 있다."

———

야생 수코끼리를 잡으려면 나무로 암코끼리 모양 얼개를 만들고 그 거죽을 종이로 씌워 큰 웅덩이 위에 올려놓는다. 흥분한 수코끼리가 암코끼리인 줄 알고 덮치다가 웅덩이에 빠지면 잡는다.

야생 원숭이를 잡으려면 목이 좁은 항아리에 볶은 콩을 담아 주둥이가 보이도록 땅에 묻는다. 원숭이가 항아리에 손을 넣어 콩을 한 움큼 잡으면 주먹이 커져서 팔을 빼지 못하고 잡힌다.

앵무새는 양쪽 끝이 뚫려 있는 나무통을 작대기 두 개로 받쳐두고 그 안에 먹이를 두면 그리로 들어가 먹이를 먹다가 잡힌다.

홍화('구슘브')는 임시로 물감을 들일 때 염료로 쓰는 꽃이다. 잎이 밝은 오렌지색 또는 붉은 색이다. 며칠 지나면 색이 바랜다.

❁

불은 불을 태울 수 없고
바람은 바람을 불 수 없어서
도둑들이 근접도 못한다.
람의 이름으로 재물을 모아라,

쓰고 또 써도 바닥나지 않으리니.

나의 재물은 마드호, 고빈드, 드하르니드하,
모두 최고의 재물이다.
네가 아무리 높은 왕좌에 앉더라도,
프라부 고빈드를 모시는 데서 오는 평화에
필적할 수는 없다.
시바와 브라마의 네 아들들,
이 재물을 찾아 세상을 포기하였지.
무칸다가 네 가슴에 있고
나라야나가 네 혀에 있으면
염라의 올가미가 너를 옭지 못하리라.

위대한 사람의 가슴은 구루한테서 얻은
풍부한 지식과 경건에 흡수된다.
그것은 불길에 물 같고
비틀거리는 마음에 버팀목 같아서,
미신의 족쇄들이 부서진다.

카비르는 말한다,
"너, 탐욕의 술을 마시는 사람아,
네 마음을 들여다보고 잘 생각하여라.
네 집에 말과 코끼리가 수백 수천이나 되느냐?
내 집에는 오직 무라리가 있을 뿐이다."

※

한 주먹 가득 열매를 쥐고서
탐욕 때문에 놓으려 하지 않는 원숭이처럼,
욕심 사납게 짓는 네 모든 행실이
결국은 네 목을 죌 것이다.

너는 네 인생 괜히 살았다.
경건도 없이,
현자들과의 사귐도 없이,
바그완을 예배하지도 않고서,
진실은 어디에서도 보이지 않는구나.

바람 속에 피어나는 홍화처럼,
그 향기 아무도 좋아하지 않는 홍화처럼,
숱한 태어남과 태어남을 반복하면서
거듭거듭 죽음에 무너지는구나.

즐기라고 주어진 그 모든
재물, 젊음, 자식들 그리고 마누라가
너를 사로잡고 얽어매었다.
그 모든 갈망들이 너를 끌어내렸다.
생명의 불에 육신의 초가草家—
어디를 가나 똑같다.

카비르는 말한다,
"이 무서운 세상 고해 바다를 헤엄쳐 건너고자,
나는 내 후견인으로 참 구루를 모신다."

❋

더러운 물,
붉은 흙.
이것으로 꼭두각시들이 빚어졌다.

나는 아무것도 아닙니다.
아무것도 내 것이 아닙니다.
오, 고빈드여,
몸과 재물과 생명,
이 모두가 당신 것입니다.

숨이 흙에 섞이면서
꼭두각시는 환영幻影과 더불어
걷기 시작하였다.

수백 수천으로 많이들 쌓고
모아둔다만
종당에는 그 모든 옹기그릇
부서지고 말 것이다.

카비르는 말한다,
"오, 거만한 사람아,
너 서 있는 그 바탕 순식간에 무너진다."

❖

오, 내 영혼아, 람을 찬미하여라.
이렇게, 이렇게—
드흐루바와 프라흘라다가 하리를 경배하듯이.

오, 딘다얄,
내 희망이 당신 안에 있나이다.
내 온 집안이 당신 뗏목에 실렸나이다.
이것이 당신 뜻이면,
당신 명령은 지켜질 것이요,
당신 뗏목은 저편으로 건너가리이다.

구루의 은혜로
나, 깨달음을 얻었으니
나의 왕래가 영원히 가 버렸도다.

카비르는 말한다,
"사랑파니를 찬미하여라.
그분 홀로 이 세상과 다음 세상에 계심을 깨달아라."

✼

자궁을 버리고
이 세상으로 들어올 때,
너는 공기에 몸이 닿는 순간 네 주인을 잊었다.

오, 내 영혼아,
하리를 찬미하여라.

자궁 속에서 거꾸로 매달려
참회하고 있을 때
너는 자궁의 화기火氣에서 안전하였다.

팔십사만 번의 생을 거치는 긴 방랑 끝에
여기 돌아온 너,
이번에도 놓친다면 더 갈 곳이 없으리라.

카비르는 말한다,
"사랑파니를 찬미하라,
여기로 온 적도 없고 어디로 가지도 않는."

———

인도에는 태아가 엄마 뱃속에서 거꾸로 있는 것을 참회하는 자세로 보
는 민간신앙이 있다.

✽

천당 사모하지 말고
지옥 불길을 겁내지 마라.
지금 일어나는 일이 그때 일어나리니—
네 가슴에 희망을 품지 마라.

아름다운 람을 찬미하여라.
그분에게서 더없는 보화를 얻으리라.

바그완을 사랑하고
그에게 자신을 바칠 줄 모른다면
예배, 고해, 순결, 금식,
거룩한 물에 목욕이 무슨 소용이랴?

행운에 기뻐할 것 없고
불운에 울 것 없다.
행운도 불운도 똑같은 것.
그것들의 오고 감을 그분이 정하신다.

카비르는 말한다,
"성자들 가슴속에 그분이 사시는 걸 나는 안다.
가슴에 무라리가 거하시는 종이 그분을 제대로 모신다."

❀

너에겐 아무도 없다,
오, 내 가슴아,
어째서 남들 무게에 휘청거리는 거냐?
새들한테 집이 돼 주는 나무처럼,
이 세상은 그런 것이다.

나, 한번 람의 신주神酒를 마셨더니,
오, 나의 형제여,
그랬더니 다른 모든 술은 잊어버렸다.

누가 죽는다고 해서 왜 우는 거냐?
우리도 영원히 살진 못한다.
태어났으면 죽어야지.
슬피 울 까닭이 무엇이냐?

삶은 솟아나면서부터 잦아드는 것.
그러니 모든 현자들과 더불어 마시자.

카비르는 말한다,
"이것이 내 생각이다,
람을 기억하라,
다른 모든 걸 잊고서."

✿

사랑스러운 아내,
눈물 글썽한 눈으로
먼 길 내다보며 한숨짓는다.
그 마음 달랠 길 없고
그 발은 움직여지지 않는구나.
그녀의 희망은 오직 주인을 만나는 것.

"날아라, 까마귀야,
멀리 날아라,
사랑하는 임을 속히 만날 수 있게."

카비르는 말한다,
"참 생명을 얻으려거든 하리에게 너를 바쳐라.
나라야나의 이름이 기둥이다.
네 혀로 하여금 '람'을 말하게 하여라."

까마귀는 민담에서 메신저로 통한다. 까마귀가 담 위에 앉았다가 날아
가면 사랑하는 이가 집으로 돌아온다는 소식이다.

✿

무성한 박하 풀숲에 둘러싸여
그분이 달콤한 노래 부르고 있었네.

오, 나의 벗이여,
그분의 아름다움에
목장의 소녀 넋을 잃었지.
"나 혼자 남겨두고 가지 마셔요. 오, 내 사랑!"

오, 사랑드하,
내 가슴이 당신 발에 닿았나이다.
더없는 행운아만이 당신을 만날 수 있지요.

황홀하게 마음을 사로잡는 크리슈나,
빈드라반에서
당신 암소들에게 풀을 뜯기네.

오, 나의 벗이여,
그 친구,
오, 사랑드하,
그분만을 제 주인으로 모시는,
그 친구의 이름은
카비르라네.

❀

많은 사람이 치렁치렁한 옷을 입는다.
무엇이 숲에서 사는 데 좋은가?
어떤 향을 신들한테 피우는 게 좋은가?

오, 내 형제여,
어째서 성스러운 연못을 파는가?

오, 내 영혼아,
너는 가야만 한다.
오, 아이야,
보이지 않는 것을 보아라.
네가 지금 보는 것이
똑같이는 다시 보이지 않으리라.

모두가 마야에 홀려 있다.
현자들, 사상가들, 위대한 교사들이
저마다 세상 그물에 걸려 있다.

카비르는 말한다,
"한 분 람의 이름 말고는
온 세계가 마야에 눈이 멀었구나."

❋

오, 내 가슴아,
의심을 떨쳐 버리고 겁 없이 춤춰라.
모두가 마야의 술책이다.
용감한 전사가 전쟁마당을 겁내랴?
순사殉死하는 여인이 단지와 냄비를 겁내랴?

오, 나의 어리석은 가슴아,
그만 더듬거려라.
주홍빛 대추 열매가 네 손 안에 있다.
바야흐로 너는 불에 타고 명성을 떨쳐야 한다.

세상은 탐욕과 분노와 도취로 바쁘다가,
그래서 파멸하게 되어 있다.

카비르는 말한다,
"위없이 높으신 람을 포기하지 마라."

———

순사殉死를 결심한 과부에게는 주홍빛 야자열매 반쪽이 주어진다. 일
단 그것을 받아먹으면 마음을 바꿀 수 없다. 망설이면 강제로 화장火葬
한다.

❃

당신의 명령이 내 앞에 있습니다.
내 어찌 그것을 거스를 수 있겠습니까?
당신은 강,
당신은 뱃사공,
당신 몸소 나를 건네주십니다.

스승이 화를 내시든,
사랑해 주시든,

벗이여,
그분을 높이 찬양하여라.

당신 이름은 나의 기둥,
물속에서 피어나는 꽃줄기 같은.

카비르는 말한다,
"나는 그분의 몸종이라,
그분이 나를 지켜줄 수도 있고
나를 죽여줄 수도 있네."

❖

팔십사만 생生을 거치며 방랑한 끝에,
오, 나의 형제여,
난다는 마침내 싫증이 났네.
그때 하나님이 사람 몸을 입으셨으니,
그의 경건한 믿음 때문이었지.
오, 나의 형제여,
얼마나 큰가,
그 가난한 자의 행운이여.

그가 난다의 아들이 되었다고 말하는 사람아,
말해다오,
난다가 누구의 아들이었나?

아직 하늘도 땅도 세계도 없던 때에,
오, 나의 형제여,
그 난다가 어디에 있었던가?

오, 나의 형제여,
고뇌 너머, 태어남 너머,
거기 있는 그의 이름이 니란잔이던가?
오, 나의 형제여,
이 카비르의 스와미는
어머니도 아버지도 없는 그 주인님이라네.

———

난다는 크리슈나의 양아버지. 고칼 마을의 암소지기로 아내는 야소다.
브호야스의 악한 왕 캄사가 자기 조카의 아들 크리슈나를 죽이려 했을
때 크리슈나의 아버지 바수데바가 마두라에서 그를 밤중에 훔쳐내어
난다와 야소다에게 맡겼다. 그들이 그를 자기 마을에서 길렀다.

❊

적개심을 품고,
적개심을 품고,
인간들이 나를 헐뜯는다.
실인즉 적개심이 종들을 섬기느니.
적개심은 내 아버지,
적개심은 내 어머니.

내가 헐뜯기를 당한다면
가슴에 그분 이름 고이 간직하고
천당에 오르리라.
내가 헐뜯기를 당한다면
헐뜯는 자가 내 옷을 빨아 줘서
그래서 나는 깨끗해졌다.
나를 헐뜯는 그자가 나의 벗이다.
내 가슴이 그 사람 속에 있다.
스스로 헐뜯기를 그만둔 그자야말로
진짜로 나를 헐뜯는 자다.
헐뜯는 자들은 내 장수長壽를 기원한다.

적개심은 내 사랑,
적개심은 내 연인.
적개심이 나를 구원한다.
나, 카비르에게
적개심은 최고의 보물이다.
내가 헤엄쳐 건너는 그 사이에
헐뜯는 자들이 물속에 빠져 죽는다.

✻

람, 람, 당신은 참으로 겁이 없으시어,
우리를 구원코자 몸소 뗏목으로 되셨습니다.

내가 있을 때 당신은 아니 계시더니,
당신 계시는 이제 내가 없습니다.
나에게 지혜가 있을 때는 힘이 없더니,
이제 나는 지혜도 힘도 없습니다.
바야흐로 당신과 나는 하나,
우리의 하나 됨을 보는
이 가슴이 즐거움으로 충만합니다.

카비르는 말한다,
"내 지혜가 강탈당해서 바뀌었다네.
그래서 나는 완벽해졌지."

❖

여섯 천공天空에서 작은 집 한 채 만들어졌고,
그 안에 특이한 물체 하나 놓였지.
들숨 날숨이 그 물체의 자물쇠 열쇠인데,
그것들이 만들어지기까지 오래 걸리지도 않았네.

오, 내 형제여, 자네 가슴을 당장 깨우시게.
자네가 잠들어서 자네 삶을 잃었고,
도둑들이 들어와 자네 집을 마구 털었지.

다섯 파수꾼이 문마다 지키고 섰지만,
그것들을 믿을 수가 없어.

그러니 깨어서 명료하게 생각하고
자네를 밝혀줄 빛 속으로 들어가시게.

아름다운 여인이 아홉 채 집들을 보았지만,
그녀는 그 특이한 물체를 잊어버렸네.

카비르는 말한다,
"아홉 채 집들이 털렸을 때 잊혔던 그것이,
열 번째 집으로 살러 들어갔다네."

———

'특이한 물체'는 영혼, '다섯 파수꾼'은 다섯 감각, '아홉 채 집들'은 몸
의 아홉 개 구멍, '아름다운 여인'은 몸 자체.

✿

오, 나의 어머니,
내 가슴에 거하시고
시바를 짝으로 삼으시고
브라마의 네 아들이 노래하는
그분 말고 다른 아무도 나는 모릅니다.

구루가 깨우쳐 주었을 때
나는 밝게 깨달았고
내 생각들은 하늘 둥근 지붕에 닿았고
내 가슴의 집에서 모든 죄와

허물과 두려움과 족쇄들이 사라졌고
참 위안을 나는 얻었습니다.

내 영혼의 사랑이 한님에 녹아들었고
나는 프라부를 알아보았고
다른 누구도 생각하지 않았습니다.
나는 모든 욕망을 비웠고
백단나무 향에 취하여
내 모든 교만이 사라졌습니다.

주인님의 영광을 노래 부르고
깊이 사색하는 여인 안에
프라부가 당신 거처를 마련하시니,
가슴속에 그분이 거하시는
여인의 행운은
진실로 대단한 운명입니다.

마야가 걷혔을 때
시바의 지혜가 빛을 비추고
마침내 나는 한님에 녹아들었습니다.

카비르는 말한다,
"구루를 만나 큰 위안을 찾았노라.
긴 방랑은 끝났고 내 가슴이 곧 행복이로다."

✤

구루의 발을 만지며 나는 물었다.
영혼은 왜 창조되었는지,
왜 그것이 만들어지고 또 소멸하는지,
내가 이해할 수 있게 해 달라고.

오, 거룩하신 분이여,
자비를 베푸소서.
어디에서 두려움의 족쇄를 부술 것인지,
그 길을 일러 주소서.
태어남과 죽음은 슬픔으로 가득하고
환생을 피하는 것이 위안입니다.

영혼이 마야의 족쇄를 부수지 않으면
침묵 속으로 녹아들 수 없다.
영혼이 참 구원의 근원을 보지 않으면
두려움에서 벗어날 수 없다.

영혼은, 네 생각처럼, 태어나는 게 아니다.
그것은 있음과 없음에서 자유롭다.
늘어남과 줄어듦에 대한 네 생각을 멈추고
영원히 동일한 사랑에 흡수되어라.

물방울이 부서져 물에 섞이는 것을 바라보며,

카비르는 말한다.
"저와 같이 의혹은 모두 사라지고
영혼은 침묵에 흡수되었도다."

———
전통적으로 이 노래는 카비르가 라마난다에게 보낸 것으로 알려져 있
다. 카비르가 묻고 라마난다가 대답한다.

❀

치렁치렁한 법복法服에
굵직한 허리끈,
늘어뜨린 염주 목걸이,
손에는 번들거리는 그릇들,
그들을 하리의 성자라 부르지 마라.
아니다, 그들은 베나레스의 자객刺客들이다.

그런 것들이 성자라면
나라고 해도 될 수 있겠다.
그것들이 나무와 나뭇가지들을 마구 삼킨다.

그들은 문질러 닦은 항아리를 장작불 위에 얹고
날마다 땅을 파서 새로운 화덕을 만들며
온 인류를 한꺼번에 삼켜 버린다.

죄인들이 사방으로 돌아다니면서

스스로 아파라 요기임을 자처하는구나.
그들이 온갖 교만을 부리며
팔자걸음으로 활보하는 사이에
그 집안 식구들은 물에 빠져 죽는다.

너는 네가 던져진 그 자리에 있어야 한다.
그리고 네 행실이 너 있는 자리를 반영한다.

카비르는 말한다,
"참 구루를 만난 사람은
결코 다시 태어나지 아니하리라."

———

첫 번째 연聯은 전통적인 브라아민의 차림새를 묘사한다. 치렁치렁한
법복(드호티), 상층 두 계급만 두를 수 있는 허리끈(야네우), 염주 목걸이
(야프말라), 목욕에 쓰는 구리 용기들(로타).
아파라 요기들은 금속 물질에 손을 대지 않는다.

✿

내 아버지,
나를 위로하시며
내 입에 감로를 넣어 주시고
나를 부드러운 침상에 눕혀 주신다.
내 어찌 그분을 가슴 밖으로 내칠 것인가?
이곳을 떠날 때 나는 망실亡失당하지 아니하리라.

어머니, 돌아가셨지만, 나는 행복하다.
셔츠가 없어도 춥지 않으니.

나를 낳으신 아버지를 위하여
이 목숨, 잃어도 좋다.
이제 그 다섯은 내 벗들이 아니다.
내가 그것들을 죽여 발아래 던져 버렸다.
내 마음과 몸이 흠뻑 물에 젖었다.

위대한 고사인,
이분이 내 아버지시다.
어떻게 그분 가까이로 갈 것인가?
참 구루가 나에게 그 길을 보여 주었고—
세상의 아버지와 더불어 내 영혼은 행복하다.

나는 당신의 아들,
당신은 내 아버지,
둘이 한곳에 거주하는.

카비르는 말한다,
"종이 그분을 찾아내었다.
구루의 은혜로 나, 수수께끼를 풀었다."

———
어머니: 마야.
셔츠 없음; 몸이 없음.

그 다섯; 몸의 다섯 감각.

❁

냄비 하나에 양념한 닭,
항아리 하나에 붉은 포도주.
중앙에 코 없는 여왕 모셔 놓고서
다섯 요기가 둘러앉았다.

젱그렁, 젱그렁, 여왕의 벨 소리—
오, 여왕이여,
지혜로운 자들이 당신한테서 떨어져 나갔다.

코 없는 여왕,
모든 사람 안에 살면서
그 모두를 죽이면서
죽일 자들을 더 찾고 있는
그녀가 말한다,
"나는 모두의 누이 아니면 조카딸,
나와 결혼하는 남자,
그가 누구든지 나는 그의 종이다.

"지혜로운 내 남편—
그는 자기를 성자라 부른다.
오직 그만이 내 위에 설 수 있고

나머지는 아무도 근접조차 할 수 없다."

그녀의 코,
그녀의 귀는 잘려 나갔고
밖에 던져져 매 맞고 팔다리가 찢겼다.

카비르는 말한다,
"그녀는 성자들의 적敵,
그리고 온 세상 남자들의 연인."

———

첫째 연聯은 탄트라 수행자들을 묘사한다. 그들은 제례 도중에 고기 먹
고 술 마시고 성행위를 한다.
코 없는 여왕; 마야. 카비르 시대에 부정한 행위를 한 여자들의 코나
귀를 잘랐음.
다섯 요기들; 몸의 다섯 감각.

❊

요기, 고행자, 은수자, 탁발승,
순례길 헤매는 자들,
줄을 목에 치렁치렁 걸고
머리를 박박 밀고
몸을 쥐어뜯고
머리칼 엉클어 수세미로 만들지만—
종당엔 모두 죽어야 한다.

샤스트라, 베다, 천문학,
온갖 문법을 두루 꿰는 자들,
주술呪術과 의술醫術에 통달한 자들—
종당엔 모두 죽어야 한다.

제왕의 향연을 즐기고
천개天蓋 덮인 왕좌에 앉아서
빈랑나무, 녹나무, 자단나무 달콤한 향에 묻혀
수많은 여인들을 희롱하는 자들—
종당엔 모두 죽어야 한다.

나, 베다와 푸라나와 스므리티를 샅샅이 뒤졌지만
그 어느 것에서도 구원은 보이지 않았다.

카비르는 말한다,
"그래서 나는 람의 이름을 거듭 부르고,
그분은 태어남과 다시 태어남을 지워 버린다."

❀

암소는 드럼을 치고,
코끼리는 깽깽이를 켜고,
까마귀는 심벌즈를 두드리고,
당나귀는 외투자락 펄럭이며 춤을 추고,
물소는 슬그머니 성자가 되고,

94

라자 람이여,
아린 도토리가 익은 망고로 되는데,
이 수수께끼를 풀고
그것들을 먹을 수 있는 자, 참으로 드뭅니다.

사자 한 마리 제 집에 앉아서
두더지가 모아 온 빈랑나무 잎사귀를 다듬고,
집집마다 생쥐는 행복을 노래하고,
거북은 조가비 나팔을 불고,

어미 없는 아들이 황금빛 차일 아래
아리따운 색시한테 장가드는데
산토끼는 노래하고,
사자는 찬미하고.

카비르는 말한다,

"오, 성자들이여, 들어라,
개미가 산을 먹는다.
거북이 '나에게 불이 필요하다' 말하고
각다귀가 '말씀'을 암송한다."

———
이 수수께끼 노래의 열쇠는 둘째 연聯, 아린 도토리가 익은 망고로 되
는 데 있다. 한 영혼이 진화하여 람으로 되는 것을 은유로 노래한다.

❋

가방 하나에 주머니는 일흔두 개—
하지만 열려 있는 건 단 하나.
이 너른 땅을 헤매며 구걸하는 자들이
세상에서 가장 큰 요기들이다.

영혼의 눈을 들어 하늘을 바라보는 자,
그들만이 아홉 보물을 발견하리라.

지혜의 담요,
명상의 바늘.
세상의 실을 꼬아서 바늘귀를 꿰어라.
다섯 가지 요소는 너의 사슴 가죽.
이렇게 구루의 길을 걸어라.

자애慈愛의 삽,
육신의 왕겨.
앎의 불로 그것을 태워라.
그분의 사랑이 네 안에 있을 때,
네 세대들을 관통하여 황홀경에 들리라.

몸과 숨을 주시는
람의 이름이
요가의 모든 것이다.

카비르는 말한다,
"그분은 자애로운 분이시니,
너에게 당신의 인장印章을 주시리라."

—

가방 하나; 일흔두 부속품(주머니)들로 이루어진 인간의 몸.

하나인 열려 있는 문; 열 번째 문 또는 두뇌.

아홉 보물들; 세상의 온갖 재화들.

사슴 가죽; 위대한 사람이 앉아 있거나 명상하는 방석.

네 세대들ages; 그 안에서 창조 과정이 이루어진 네 유가yuga들. 신들의
햇수로 '크리타'(넷)는 4,800년, '트레타'(셋)는 3,600년, '드바파라'(둘)
는 2,400년, '칼리'(하나)는 1,200년. (신들의 1년은 인간의 360년.) 그리스-
로마에서 말하는 황금, 은, 구리, 철의 시대와 비슷하다. 이 가운데 '크
리타 유가'(황금기)가 최선이고 현시대인 '칼리 유가'(철기)가 최악이다.

❀

힌두는 어디에서 오고 투르크는 어디에서 오는가?
누가 분명한 금을 긋기 시작하였는가?
어리석은 사람아,

자네 가슴을 들여다보고 생각해 보시게.
누가 천당으로 가고 지옥에는 누가 가는가?

이보게, 자네 시방 무슨 책을 뒤적이고 있는 건가?
자네처럼 읽고 생각하다가 죽어가는 자들,

그 누구도 메시지를 얻지 못했네.

여자를 위하여 자네 할례를 받았던가?
오, 나의 형제여,
나 자네를 도무지 믿을 수 없군.
만일 내가 투르크 되기를 쿠다가 원한다면
그는 스스로 제 물건부터 잘랐어야지.

할례가 자네를 투르크로 만들어준다 치고,
여자들 문제는 어쩔 것인가?
자네 몸의 절반인 여자를 포기하지 않는 한,
자네는 어쩔 수 없는 힌두일세.

그 책 따위 집어치우고 람을 찬미하시게.
어리석은 사람아,
그대 참 대단한 학대虐待를 짊어지고 다니는군.

카비르는 람에게 붙잡혀 살아가고
투르크는 비참 속에 살아간다.

———
투르크: 무슬림을 가리키는 힌두의 속명屬名.

❋

등잔에 기름이 있고

심지가 있는 한,
모든 것을 볼 수 있지.
기름이 떨어지고
심지가 깜박이다 꺼지면
집안이 온통 캄캄해지지 않는가.

어리석은 사람아,
아무도 한순간도 자네를 지켜주지 않으리니,
람의 이름을 거듭거듭 부르시게.

누가 진정 어머니를 가졌는가?
말해다오, 누가 진정 아버지를 가졌는가?
자네 몸이 부서질 때
아무도 자네를 기억하지 아니하고,
들리는 소리는 고작,
"그를 떠나보내자, 그를 떠나보내자."
자네 어머니는 문지방에 앉아서 곡을 하고
자네 아우는 자네 물건 챙겨들고
엉클어진 머리로 자네 처는 흐느끼는데,
이제 저 백조, 혼자서 날아야겠지.

카비르는 말한다,
"오, 공경하올 성자들아,
들어라, 저 겁나는 바다에 대하여.
인간은 고통을 겪어야 하고,

공경하올 성자들아,
염라는 결코 가 버리지 않느니.”

❀

사나카와 사난다나는 끝을 못 찾고
브라마가 베다를 읽으면서
헛되이 생生을 낭비하는구나.

휘저어라,
오, 나의 형제여,
하리의 젖을 휘저어라.
네가 버터를 잃지 아니하리라.

네 몸을 휘젓는 통으로 삼고
네 마음을 휘젓는 막대기로 삼아라.
그리고 '말씀'의 레닛凝油酵素에 부어라.
마음의 명상을 하리의 휘젓기로 삼고
구루의 은혜로 선식仙食의 재료를 찾아라.

카비르는 말한다,
“왕이신 분이 자비로우시니,
네가 람의 이름에 붙잡혀
먼 바다 기슭에서 불을 밝히리라.”

❖

기름은 바닥나고
심지는 말랐다.
북은 침묵하고
춤꾼은 잠들었다.
불은 꺼지고
연기도 나지 않는다.

그분 홀로 모든 곳에 계시고
다른 아무도 없다.

줄은 끊어지고
비파는 잠잠하다.
무심無心이 많은 것을 파멸시켰다.
설교, 꾸중, 타이름, 이야기들—
모두 잊혀졌다.
그리고 너는 깨달음을 얻었다.

카비르는 말한다,
"다섯 감각을 흩어버린 자들,
위없는 지복至福에서 멀지 않도다."

❀

아들이 많은 잘못을 저질러도
어미는 어느 것 하나 기억하지 않는데,

오, 나의 소중한 람이시여,
나는 당신의 아이—
어찌하여 내 허물을 잊지 아니하십니까?

아들이 성나서 제 어미를 때려도
어미는 아무것도 기억에 남겨두지 않는데,

내 가슴이 슬픔의 미궁迷宮에서 길을 잃었다.
그분 이름 없이 어떻게 내가 여기에서 벗어날 것인가?

지혜의 순수純粹를 내 가슴에 주십시오.
카비르가 부드럽게 조용하게 당신을 찬미하오리다.

❀

나의 순례지는 곰티 강기슭,
피탐바르 피르가 사는 그곳이다.

아름다워라,
아름다워라,

참으로 달콤한 그의 노래여.
내 가슴에 하리의 이름 향한 열정이
불타오르게 하는구나.

나라다와 샤르다가 그분을 기다리고
그분의 몸종 카믈라 부인이 곁에 앉아 있다.

내 목엔 염주,
내 혀엔 "람".
나는 그분의 무수한 이름들을 부르며
나의 살라암을 바친다.

카비르는 말한다,
"힌두와 투르크가 함께 알아듣도록,
람을 찬미하여라."

———

이 노래에는 힌두와 무슬림의 개념들이 섞여 있다. 시인은 그의 순례
목적지를 메카가 아닌 곰티 강으로 정하는데 거기는 피탐바르 피르(하
나님)가 발견되는 곳이다. '피탐바르'는 노란색 겉옷을 입었다는 뜻으
로 카비르를 형용하고, '피르'는 무슬림에서 성자를 말한다. 이 노래에
서 두 종교의 개념을 뒤섞은 목적은 마지막 줄 "힌두와 투르크가 함께
알아듣도록"에 명시되어 있다.

※

꽃잎을 모으는 꽃밭 소녀야,
꽃잎마다 생명 있는 걸
너는 모르니?
네가 꽃잎을 따서 널어 말리는
그 돌엔 생명이 없지.

꽃밭 소녀야,
잊지 마라,
참 구루는 살아 계신 데바임을.

브라마는 꽃잎들 안에,
비슈누는 꽃대들 안에,
샹카라 데바는 꽃송이 안에—
방금 내 앞에서 네가
세 신神들을 꺾어 버렸구나.

우상은 돌을 쪼아서 만드는데
석공이 그 가슴에 제 발을 새겨 놓기도 하지.
우상이 정말 살아 있다면
석공을 게걸스레 삼켰으리라.

쌀, 콩, 밀가루 죽, 카아사르 과자,
이 모두를 사제들이 먹는데,

그들이 우상한테 남겨주는 것은
차갑게 식은 재뿐이다.

꽃밭 소녀야,
세상이 잊힌 것을 네가 잊었구나.
하지만 나는 잊히지 않았다.

카비르는 말한다,
"람이 나를 보살펴 주신다, 자애로운 하리 라이!"

———

카아사르 과자; 설탕, 밀가루, 버터로 만든 과자.

❀

열두 살 아이였던 너,
스무 살에는 참회懺悔를 모르고
삼십대가 되어도 신神을 예배하지 않더니,
이제 온갖 후회 않고서 늙어 가는구나.

삶이 너를 스쳐 지나가는데
너는 "내 것, 내 것" 챙기느라 바빴지.
바다는 마르고 손발은 시들었다.

마른 못 둘레에 벽을 쌓고
추수 끝난 밭에 울타리를 쳤지만

어리석은 사람아,
네가 네 것으로 삼으려 애쓰던 그것들을
도둑이 들어 모두 털어 갔다.

네 머리와 손발은 후들거리고,
눈에서는 눈물이 하염없이 흐르고,
네 혀는 더듬지 않고서는 한마디도 못하는데—
새삼 무슨 경건을 시늉하겠다는 거냐?

그래도 하리는 자애로운 분이시라,
네 가슴에 사랑을 심어 놓고
너로 그 열매를 먹게 하실 것이다.
구루의 은혜로 하리의 보물을 찾게 되면
그것들이 끝까지 너와 함께 하리라.

카비르는 말한다,
"들어라, 성자들아,
고팔 라이가 부르시면,
음식도 의복도 지닐 수 없다.
재물도 집도 버려두고 가야만 한다."

❈

누구는 비단 방석,
누구는 짚방석,

누구는 비단 이불,
누구는 누더기 담요,

오, 내 가슴아,
불평으로 투덜거리지 마라.
오, 내 가슴아,
모든 걸 고맙게 받아들여라.

옹기장이가 주무르는 흙은 똑같다.
다만 그 모양과 색깔을 다르게 만들 뿐.
어떤 것은 진주와 값진 보물로 가득 차 있고
어떤 것은 쓰레기로 가득 차 있다.

제 속에 있는 것이 제 것인 줄 알고,
어리석은 구두쇠,
그것들을 굳게 움켜잡는구나.
염라의 몽둥이가 두개골을 부수면
모든 것이 순식간에 쏟아지고 마는 것을.

하리의 종들을 위없는 성자라 부르는 것은
오직 그분께 복종함을 위안으로 삼기 때문이다.
그분을 기쁘게 해드리는 데서 그들은 진실을 발견하고
그분의 뜻으로 자기 가슴을 점령한다.

카비르는 말한다,

"오, 성자들아, '내 것, 내 소유'는 틀린 말이다.
새장이 부서지면 새는 날아가고,
낟알 몇 개와 빈 물통만 남을 뿐이다."

❀

나는 하나님의 가난한 인간,
자네는 백성 다스리는 걸 좋아하지.
원元알라,
종교들의 주인님은
잔혹한 명을 내리시지 않는다네.

이보게, 콰지,
자네 말이 자네한테 맞지 않는구먼.

금식, 기도, 신앙고백 따위가
자네를 천당으로 데려가진 않을 걸세.
카아바는 자네 가슴 속에 있지,
자네가 진정으로 알고자 원한다면.

현실에서 정의를 실천하는 것이 기도요,
지혜를 통하여 그분을 아는 것이 신앙고백일세.
기도 깔개가 감각들을 눈멀게 하니,
이렇게 해서 참 종교가 실현되는 것이지.

주인님을 알아보고
자비를 베풀고
교만을 뿌리 뽑고,
자기 자신을 보듯이 남들을 보시게.
오직 그때에만 자네가 하늘 집주인을 만날 터인즉.

질흙은 똑같고 겉모양은 한없이 서로 다르네.
모든 사람 안에서 브라마를 알아보시게.

카비르는 말한다,
"네가 천당을 포기하고
지옥으로 너 자신을 만족시키는구나."

―

카아바는 메카에 있는 이슬람 사원.

✻

하늘에서 빗방울 하나 떨어지지 않는다.
그 모든 음악이 어디로 갔는가?
파르브라마, 파르메슈아,
마드호, 원元영혼이 그것을 가져갔다.

오, 나의 형제여,
언제나 너의 한 부분이던 네 말들―
그 이야기들, 그 연설들, 네 머리에서 춤추던

그 모든 말들이 어디로 갔느냐?

북을 치던 고수鼓手는 어디 있느냐?
이야기도 말도 더 이상 네 입에서 흘러나오지 않고
네 기운은 가문 날 개울처럼 말라 버렸다.

그토록 예민하던 네 귀는 완전 먹어 버렸고
네 힘줄의 모든 기운은 바닥이 났다.
네 발은 쓸모없이 되었고,
네 손은 맥이 빠졌고,
네 입에서는 한 마디 말도 도망쳐 나오지 못한다.

다섯 적들, 다섯 강도들은 괜한 방랑에 지쳐 버렸고
한때 왕성하던 네 가슴,
코끼리 같은 네 마음은 만사에 지루해졌다.
네 모든 감각들이 죽어서 없어졌고
벗들과 형제들도 너를 떠났다.

카비르는 말한다,
"하리를 기억하는 이들,
살아서 그 족쇄를 풀어 버리네."

❋

브라마, 비슈누 그리고 마하데바를 속인

그 암-뱀보다 강한 건 없다.
닥치는 대로 모두를 궤멸시키며
그녀가 성스러운 연못에 살고 있는데,
구루의 은혜로 너희는
삼계三界를 한 줄로 꿰는 그녀를 알아볼 수 있다.

오, 나의 형제들아,
어째서 "뱀이다, 뱀이야!" 소리만 지르고 있는가?
참이신 한님을 아는 이들은
누구나 쉽게 그녀를 죽일 수 있다.

아무도 그녀의 독毒에서 안전치 못하나,
너희가 만일 그녀를 이긴다면
불쌍한 염라도 속수무책일 것이다.

그녀 또한 그분의 창조물이다.
이기느냐 지느냐를
그녀가 맘대로 정하는 게 아니다.
그녀의 똬리에 묶였으면
누구나 다시 태어나야 하지만,
구루의 은혜가 카비르를 건너게 한다.

———
성스러운 연못에 살고 있는 그녀; 마야는 성자들 가운데도 살아 있다.

※

어째서 개한테 스므리티를 읽어 주는가?
믿지 않는 자들에게 왜 하리 찬양을 들려주는가?

기억하라,
언제나 오직 람, 람, 람!
믿지 않는 자들과 어울리지 마라.

어째서 까마귀한테 장뇌樟腦를 먹이는가?
뱀한테 왜 우유를 주는가?

현자들이 너를 깨우쳐 주면,
시금석試金石에서 쇠가 금으로 바뀐다.
개와 믿지 않는 자들은
그렇게 말고 달리 어떻게 행동할 줄 모른다.
과거 행실이 현재 행실을 결정한다.

소태나무에 감로甘露를 부어 주어도,
카비르는 말한다,
"여전히 그 맛은 쓸 것이다."

※

랑카에 우뚝 세워진 성채城砦,

해자垓字에 바닷물—
그래도 라바나의 집안에
무엇 하나 남은 것이 없구나.

내가 무엇을 할 것인가?
모두가 사라지는데.
스쳐가는 세상을 내 눈이 본다.

아들들이 일만에,
손자들이 십이 만이었는데,
그런데 지금 라바나의 집안을 밝혀줄
등불도 심지도 하나 없구나.

달과 해가 부엌을 덥혀 주었고
불이 내려와 옷가지를 빨아 주었지.

구루의 안내로 람의 이름이 네 안에 있으면
태어남에서 태어남으로 헤매지 않고
견고하여 흔들리지 않으리라.

카비르는 말한다,
"들어라, 사람들아,
람의 이름 아니면 구원은 없다."

———
랑카: 라바나의 고향인 스리랑카(세일론)의 섬.

먼저 아들이 오고
그 뒤에 어머니가 온다.
구루가 제자들 발을 씻어 준다.

오, 나의 형제들이여,
이 수상한 얘기를 들어 보아라.
나는 소떼에 풀 뜯기는 사자를 본다.

물고기가 나무 꼭대기에 알을 낳고
고양이가 개를 끌고 간다.

나뭇가지들이 아래로 벋어 내리고
뿌리가 위에서 꽃을 피우고
기둥에 열매가 맺힌다.

물소가 말 위에 앉아서 풀을 뜯고
암소가 길을 떠나고
그 주인이 집으로 돌아온다.

카비르는 말한다,
"이 수수께끼를 풀고 싶은 사람,
람을 거듭 부르면 모든 걸 알게 되리라."

이 수수께끼를 이렇게 풀 수도 있다. 아들은 순결purity, 어머니는 마야, 구루는 영혼, 제자는 가슴(마음), 사자는 람의 이름으로 힘을 얻은 영혼, 소떼는 통제된 감각들, 물고기는 물과 같은 성자들 가운데 거하는 영혼(한 영혼의 존재는 나뭇가지에 알을 낳는 물고기처럼 비실재임.), 고양이는 탐욕, 개는 인내, 나무(세계)는 저를 지탱하기 위하여 가지를 땅에 벋어 내리고 위로 뿌리를 세운다(하나님을 명상함). 꽃과 열매는 탐욕과 욕정. 물소는 욕망, 맑은 가슴, 암소는 인내, 그것을 나르는 길이 영혼 위에 깔려 있다.

✻

씨앗으로 그분이 너를 만드셨고
불구덩이에 저장하셨고
열 달 동안 자궁에 지켜 주셨거늘,
네가 태어날 때 마야가 너를 감염시켰다.

오, 죽지 않을 수 없는 사람아,
어쩌자고 그리 욕심을 부려
삶의 보화를 잃었더냐?
그 많은 날들에
왜 씨를 땅에 심지 않았느냐?

한때는 아이였던 너,
지금은 늙은이.

일어날 일이 일어난 것이다.
염라가 와서 네 머리칼을 휘어잡을 때,
왜 그때에야 울부짖는 것이냐?

너는 삶을 사모한다만
염라가 네 숨을 지켜보고 있다.

오, 카비르,
세상은 살얼음 도박판,
주사위를 함부로 던지지 마라.

──

불구덩이; 태胎.

❋

내 몸은 물감 통.
순결로 이 가슴 물들이리라.
다섯 가지 덕德은 내 결혼식 하객들,
람 라이와 함께
불을 에둘러 걸으면
내 영혼은 그분 색깔로 가득 차겠지.

노래하라, 오, 처녀들아, 노래하라.
결혼 축가를 불러다오.
내 남편, 람이 문간에 이르렀다.

나는 내 숨의 연꽃 속에
결혼식 천막을 쳤고
신성한 지혜는 나의 결혼식 주문呪文이다.
람 라이가 내 남편으로 되다니,
이런 행운이 어디 있으랴?

지혜로운 사람들, 성자들, 고행자들이
삼십삼만 수레를 타고 내 결혼식에 왔다.

카비르는 말한다,
"한 분 신성한 바그완이
나를 결혼식장으로 데려오셨다."

—

인간의 영혼은 신부新婦, 하나님은 신랑新郎. 그리스도교에서는 그리스
도가 신랑, 신자들이 신부.
다섯 가지 덕德; '카라즈'(일, 행동), '사트'(진실), '산토크'(인내, 만족), '다
야'(자비), '드하르마'(의로움, 종교).
힌두 결혼예식에서는 신랑 신부가 성스러운 불을 일곱 바퀴 돈다.
'숨'의 연꽃; 문자 그대로 읽으면 '배꼽'의 연꽃. 배꼽은 숨이 모이는 곳.
결혼식 주문呪文; 행복과 풍요를 기원하는 베다 구절.

❦

오, 내 오라비야,
시어머니는 나를 미워하고

시아버지는 나를 예뻐하고
시숙은 이름만 들어도 겁이 난다.

오, 내 벗들아,
시누이는 나를 발톱으로 움켜잡았고,
막내 시동생 잃었을 때
내 마음은 불타는 것 같았지.

미치겠다, 내가 람을 잊어버렸어.
오, 내 언니들아,
이 슬픔을 누구한테 말할 수 있을까?

내 몸이 내 적敵이고
마야가 나를 미치게 만들었다.
맏형님과 함께 있을 때는
남편의 사랑을 흠뻑 받았는데.

카비르는 말한다,
"다섯 감각들과 싸우느라고 삶을 잃었구나.
거짓 마야가 온 땅을 함정에 빠뜨렸다.
나는 람을 찬미하는 데서 위안을 찾으리라."

———

시누이와 갈등하는 신부의 하소연. 카비르 시대에는 결혼과 함께 시집
식구들과 함께 살아야 했기 때문에 새로 시집온 새댁이 시댁 식구들
마음에 들도록 노력해야 했다. 인도에는 신부와 시어머니 사이의 갈등

과 다툼을 그리는 노래, 격언, 일화들이 풍부하다. 전통적으로 막내 시
동생은 형수에게 호의적이다. 은유적으로 읽으면 신부는 영혼, 시어머
니는 마야, 시아버지는 세속 사랑, 시숙은 죽음(염라), 다섯 감각들은 시
누이들, 남편은 하나님, 신부의 맏형님은 지혜.
민요에서는 보통 신부가 시댁으로 자기를 보러 온 오빠에게 불평을 늘
어놓는 것으로 되어 있다.

❊

우리는 집에서 영원토록 실을 자아내는데—
그대는 거룩한 목걸이 한 줄 걸었구나.
고빈드가 우리 가슴에 계시는데—
그대는 베다를 읽고 가야트리를 암송한다.

내 혀엔 비슈누,
내 눈엔 나라야나,
내 가슴엔 고빈드가 계신다.

오, 어리석은 사람아,
염라의 문간에서 무칸다의 심문에 뭐라고 답할 참이냐?

오, 고사인,
태어남에서 태어남으로
우리를 지켜 주는 당신은 젖소치기,
우리는 당신의 젖소들.

하지만 당신은 아늑한 강기슭에서
우리에게 풀을 뜯기지 않는다.
우리가 어떤 주인을 모신 것인가?

그대는 브라아민,
나는 베나레스의 직조공,
내 말 뜻을 짐작하시겠는가?
그대가 왕족과 귀족들 사이에서
구걸하느라 정신없을 때
내 생각은 오직 하리에 꽂혀 있었다.

———

어느 브라아민이 카비르에게, 너는 계급이 낮기 때문에 종교를 희롱할
자격이 없다는 말을 했을 때 그에게 들려준 노래로 알려졌다.
브라아민을 보통 고사인 또는 암소 같은 민중을 돌본다는 뜻에서 암소
치기라고 부른다.

❋

세속과 삶은 꿈결 같은 것,
인생은 한바탕 꿈.
내가 목숨과 세속에 스스로 묶여
영원한 보물을 버렸구나.

아버지,
마야와 사랑에 빠졌습니다.

그리고 그녀는 내 지혜의 보석을 훔쳐갔지요.

나방은 비록 눈이 있어도,
어리석구나,
불을 보지 못하여 타 죽고 만다.
눈먼 애욕에 빠져
죽음의 올가미를 잊고
황금과 여자들 뒤만 쫓아다닌다.

조심 또 조심,
멸망할 것들을 버리고 헤엄쳐 건너라.

카비르는 말한다,
"야그지반은 그런 분,
그분 같은 이 아무도 없다."

✼

나 지난날에 많은 꼴들을 갖추었지만
이제는 어떤 꼴도 갖추지 않겠다.
현금絃琴 줄은 느슨해졌고
나 지금 람의 이름, 그 힘 안에 있다.

더 이상 춤출 줄 모르겠고
가슴도 북소리를 울리지 않는다.

욕망과 분노와 마야는 불타 버렸고
탐욕의 항아리는 깨어졌다.
욕정의 겉옷은 너덜너덜 해어졌고
모든 의혹도 깨끗이 사라졌다.

나 이제 만유에서 한님을 알아보니—
더 무슨 할 말이 없구나.

카비르는 말한다,
"나는 하나님을 찾았다.
완전하신 람이 내게 자비를 베푸셨다."

___

첫째 연聯은 한 영혼이 사람 몸을 얻기까지 거치는 팔십사만 번의 생生
을 말한다.
현금玄琴은 세속에 대한 사랑 또는 집착.

❁

자네, 알라를 달랜다며 금식하고,
제 입맛 달래려고 살아 있는 것들을 죽이지.
자네는 자네 보듯이 남들을 보지 않네.
그러면서 무슨 설명이 그다지도 장황하신가?

이보게, 콰지, 주인님은 한 분일세.
그분은 자네의 주인이시고—

자네 안에 계시지.

자네가 아무리 머리를 쥐어짜도
눈으로 그분을 볼 수는 없네.
자네가 종교에 현혹되어
생각조차 잃어버리고
인생을 헛되이 낭비하고 있구먼.

자네의 거룩한 책들은 말하지,
알라가 참이시고
그분 없이는 남자도 여자도 살 수 없다고.
오, 어리석은 사람아,
가슴으로 이해하지 못하면서
거룩한 책을 읽은들 그게 다 무엇인가.

알라는 모든 몸 안에 숨어 계시네.
이에 대하여 생각해 보시게.
그분은 힌두들과 투르크들 안에서 같으신 분.
이것이 카비르가 큰소리로 말하는 걸세.

❀

우리의 밀회를 위해서 나는 몸을 단장했지.
그런데 하리도 야그지반도 고사인도 오지 않았네.

하리는 내 남편,
나는 하리의 신부.
람은 크신 분,
나는 어리고 여린 계집.

아내와 남편이 한 집에 살면서
한 이불을 덮어도—
그래도 한 몸은 아니라네.

사랑하는 이를 즐겁게 해주는 신부에게 축복을!
카비르는 말한다,
"그녀가 환생의 고통을 겪지 않으리."

❖

다이아몬드만이 다이아몬드를 쪼갤 수 있다.
바람처럼 변덕스러운 마음이
'늘 그러함' 속으로 녹아들어간다.
어떤 다이아몬드 하나가
모든 살아 있는 것들을 쪼갠다.
그것을 나는 참 구루한테서 배웠다.

하리를 찬미함이 영원한 가르침이다.
너는 백조白鳥가 되어 다이아몬드를 찾아라.

카비르는 말한다,
"세계를 관통하여 충만한 다이아몬드를 나는 보았네.
현명한 구루가 그것을 드러내면 숨은 다이아몬드가 보이지."

——

여기 나오는 구루는 하나님이 아니라 인간 스승. 힌두 전통에서 백조는 진주를 먹는데 백조만이 그것을 분별할 수 있기 때문이다. 백조는 또 부리로 물과 우유를 나눌 수 있다. 반면에 왜가리는 물결밖에 보지 못한다.

❀

첫째 아내는 못생기고
천박하고
성질도 고약했지.
친정에서도 그랬고 시집에서도 그랬어.
하지만 둘째 아내는
아름답고 교양도 있고
성품마저 고와서
기꺼이 그녀를 배 위에 올려놓고 즐긴다네.

첫째 아내가 죽어서 참 좋구나.
오, 나의 새 신부야,
오래 살아라.

카비르는 말한다,
"젊은 아내가 왔을 때 늙은 아내의 운명은 끝이 났다.

젊은 아내는 지금 나와 함께 살아 있고—
늙은 아내는 어디로 가 버렸다."

———

실제로 카비르가 자기 두 아내를 노래한 것으로, 첫째 아내는 못생겼
고 둘째 아내는 아름다웠다고 한다. 하지만 이 노래를 알레고리로 읽
는 것이 더 적절하겠다. 하나님 없는 영혼(아내)은 못생겼고 하나님 있
는 영혼은 아름답다.

❋

그만,
그만,
젊은 아내야,
네 얼굴 베일로 그만 가려라.
그래 봤자 끝에 가면 아무것도 아니다.

먼젓번 아내는 자주 베일로 얼굴을 가렸지.
제발 그 버릇을 따르지 마라.

얼굴을 베일로 가리는 데
한 가지 좋은 점이 있긴 하다만—
머잖아 사람들이 말하겠지,
"저 집에 새 며느리가 들어왔구나."

하리를 찬미하여 춤출 때

오직 그때에만,
너는 베일이 어울린다.

카비르는 말한다,
"자기 생을 하리 찬미하는 데 바치는
그 신부만이 잘 될 것이다."

—

전통적으로 이 노래는 얼굴을 베일로 가리는 며느리에게 준 카비르의
훈계로 읽는다. 이 노래도 알레고리로 읽는 게 더 적절한 해석이겠다.
새댁인 영혼이 남편인 람에게서 얼굴을 베일로 가린다. 먼젓번 영혼은
베일을 벗지 않았고 그래서 자기 신랑을 한 번도 보지 못했다.

✤

온 세상을 짜서 만든,
직조공의 비밀을 너는 모른다.

네가 베다와 푸라나에 귀 기울일 때,
나는 날줄을 걸고 있었다.

그분은 땅과 하늘로 베틀을 만드셨고,
해와 달로 막대를 삼으셨다.

그분이 발판을 밟아 이 모든 것을 짜셨거늘,
내 가슴이 그 직조공을 보았다.

나, 직조공이 내 집에서 그분을 보았다.
모든 생명 속에서 나는 람을 본다.

카비르는 말한다,
"내가 내 베틀을 부셔 버리자,
하늘 직조공이 실과 실을 엮으셨다."

❋

네 속이 더러우면
사원에서 목욕을 하여도
그것이 너를 천당으로 데려가지 못한다.

한 분이신 데바, 람을 예배하여라.
구루가 일러 주는 섬김이
진정한 목욕재계沐浴齋戒다.

물에 목욕하는 것으로 구원을 얻는다면—
개구리들은 영원히 목욕하는데,
그 개구리들처럼,
그런 자들은
다시 또 다시 환생을 거듭하리라.

멍청한 바보는 베나레스에서 죽어도
지옥을 벗어나지 못한다.

하리의 성자가 하람바에서 죽으면
전군全軍을 구원할 수 있다.

낮도 밤도 없는 곳,
베다도 샤스트라도 없는 곳,
바로 그곳에 니란카르가 사신다.

카비르는 말한다,
"그분을 명상하여라.
오, 세상 어리석은 것들아."

———

하람바; 거기서 죽으면 나귀로 환생한다는 마가하르의 다른 이름.

❊

네 발굽에 두 뿔,
말 못하는 입—
그 몸으로 그분을 찬미하겠느냐?
앉았든 섰든 언제나
너를 때리는 채찍이 있는데—
어디에 네 머리를 숨기겠다는 거냐?

하리 없는 너는 누군가의 황소다.
코는 꿰이고
어깨는 부서지고

입은 괜한 왕겨나 씹겠지.

온종일 숲을 헤매며 비틀거려도
여전히 배는 고프고,
그런데도 너는 성자들의 말을
귀담아 듣지 아니하고
벌어들인 것을 움켜잡고만 있다.

헤아릴 수 없이 태어나고
다시 태어나면서 방랑하는 동안
슬픔과 즐거움이 너를 환각에 빠뜨리리라.

프라부를 잊어서
생명을 보화를 잃었는데,
언제 어떻게 다시 기회를 얻으랴?

맷돌을 돌리는 황소처럼 빙글빙글 돌거나
혹은 원숭이처럼 춤을 추겠지만,
네 밤은 편치 아니하리라.

카비르는 말한다,
"람의 이름을 부르지 않으면
자기 머리를 때리며 울부짖어야 하리."

✤

목이 메어 흐느끼며
카비르의 어미가 울고 있다.

"오, 라구라이,
이 아이들이 어떻게 살아갈까요?"

"카비르는 베틀과 길쌈을 팽개치고
몸에 람의 이름을 둘렀답니다."

"실패에 실을 감으면서
나는 사랑하올 람을 잊었지요."

"나는 재주도 아무것도 없고
계급은 직조공이에요.
하지만 내 소득은 하리의 이름이지요."

카비르는 말한다,
"오, 나의 어머니, 들으세요.
라구라이가 내 생활비를 대 주신답니다."

✤

힌두들은 우상에 절하면서 죽고,

투르크들은 머리를 조아리면서 죽고,
저들은 불에 태우고,
이들은 땅에 묻고,
아무도 그분의 진실은 배우지 않는다.

오, 내 가슴아,
세상은 깊이 어두운데,
모두가 염라의 올가미에 걸렸다.

시인들은 시를 읊으면서 죽고,
카프리들은 케다라로 가는 길에 죽고,
요기들은 긴 머리칼을 엉클어뜨리면서 죽고,
아무도 그분의 진실은 배우지 않는다.

부자들은 재물을 모으면서 죽어
황금과 함께 묻히고,
박사들은 베다를 읽으면서 죽고,
여자들은 얼굴에 분을 바르면서 죽는다.

모두들 람의 이름 없이 죽는데,
이에 대하여
가슴 깊이 생각해 보아라.
누가 람의 이름 없이 구원 받으랴?
이것이 카비르가 진심으로 하는 말이다.

———

카프리; 온몸을 외투로 감싼 고행자 종파.

케다라; 히말라야에 있는 시바의 성스러운 사원.

❀

육신을 불에 태우면 재가 되고
땅에 감추면 구더기들이 먹어 치운다.
육신으로 뽐내 봤자
굽지 않은 옹기에 담긴 물과 같은 것.
어쩌자고 그리도 교만하게 부풀어 오르느냐?
거꾸로 매달렸던 뱃속의 열 달을 어느새 잊었더냐?

꿀벌이 꿀을 모으듯이,
어리석은 자,
온갖 수고와 절약으로 돈을 모으는데,
그가 죽으면 사람들은 말하지,
"어서, 어서 보내자.
송장을 오래 둘 까닭이 무엇이냐?"

아내가 함께 가더라도 고작 문간까지.
거기서부터는 벗들이 옮겨 간다.
친족들과 친구들이
장지葬地까지는 같이 가 주겠지만
그 뒤로 백조는 오로지 혼자 있어야 한다.

카비르는 말한다,
"들어라, 죽지 않을 수 없는 것들아,
올가미에 홀린 앵무새처럼
거짓 마야에 스스로 묶여 있더니,
그 모양 그대로 죽음 웅덩이에 빠지는구나."

❋

베다와 푸라나를 읽고 나서
억지로 네 몸을 예전禮典에 묶는구나.
모든 현자들이 죽음에 움켜잡혔고
석학碩學들도 희망을 다 이루지 못하였다.

오, 내 가슴아,
네가 하나를 놓쳤다.
라자 라구파티를 찬미할 줄 몰랐어.

참회하고 명상하러 숲으로 들어가서
풀뿌리로 연명하는
나디, 베디, 사아디, 무니들—
모두 염라의 명부名簿에 이름이 올라 있다.

저들이 사랑의 길을 모른 채,
그래도 몸으로 원을 그리고 줄을 세우고,

라가와 라기니*를 노래하면서
저와 세상을 속이지만
하리로부터 아무 얻는 게 없다.

겉으로 지혜로운 척하는 것들을 포함하여
온 세상을 죽음이 수의壽衣로 덮는다.

카비르는 말한다,
"사랑의 길을 찾아서 그 길로 가는
그 사람만이 자유로워지리라."

나디; 나팔을 부는 요기.

베디; 베다를 읽는 사람 또는 예식주의자.

사아디; 고사인 닷타를 추종하는 수행자.

무니; 묵언 수행자.

❁

두 눈 부릅뜨고 보아도
하리 말고는 보이는 게 없다.
내 눈이 사랑으로 가득 차 있어서,
더 무슨 할 말이 없구나.

---

* 인도 음악에서 남성곡(라가)과 여성곡(라기니).

의혹과 두려움은 간데없고,
나는 람의 이름을 가슴에 새긴다.

배우 하나 북을 울리매
사람들이 쇼를 보러 모여들고,
바로 그때 배우가 놀이를 마치니—
그것이 그분의 즐거움인 걸.

말로는 의혹을 벗길 수 없어,
세계가 헛된 얘기에 지쳐 버렸다.

구루의 가르침을 좇아서
당신을 알아보는 이들 가슴에,
그분은 숨어 계신다.
만일 너의 구루가 자비를 베푼다면
네 가슴과 영혼이
하리에 녹아 흡수되리라.

카비르는 말한다,
"주시는 분, 야그지반을 만난 이들은
사랑의 색깔로 물이 든다."

—

창조는 하나님의 드라마, 당신이 몸소 주인공임. 그분은 당신의 즐거
움을 위해서 당신이 정한 때에 당신의 드라마를 마친다.

거룩한 책들이 흘러넘치는 우유라면,
현자들 모임은 휘젓는 통이다.
네가 그 모임에서 우유를 휘젓는데,
누가 있어 너의 유장乳漿을 부인하겠느냐?

처녀야, 왜 람과 결혼하지 않느냐?
그분은 야그지반,
영혼의 참모參謀님이다.

네 목에는 쇠사슬,
발에는 차꼬,
람이 너를 이 집 저 집 헤매게 하시는데—
여전히 아무것도 모르는구나.
가련한 처녀야,
염라가 너를 눈여겨보고 있다.

프라부가 만유의 뿌리요 열매다.
가련한 처녀야,
네 손에 든 것이 진정 무엇이냐?
비몽사몽이라도 좋으니,
너는 깨어나야 한다.
깨어나서 들은 대로 해야 한다.

처녀야, 누가 너에게 이런 말을 들려주어
그것으로 네 착각의 혼수昏睡를 지우게 하였더냐?

이렇게 카비르는 진정한 지복至福을 발견하였느니—
그 가슴이 구루의 은혜로 기쁨 충만하구나.

———

가련한 처녀(영혼)가 집에서 집으로 헤맨다. 속세에 대한 사랑으로 결
박되었고 근거 없는 희망으로 족쇄를 찼다.

❀

그분을 찾아라,
그분 없이 너는 살 수 없고
욕망을 채울 수도 없다.
영생永生이 최고라고 말들 하지만,
죽음 없인 삶도 없는 것이다.

이보다 더한 지혜가 어디 있으랴.
보다시피,
모든 것이 바뀌고 있다.

너는 울금鬱金과 자단紫檀을 갈아 함께 섞는다.
눈이 없어도 세상을 본다.
아들이 아비를 낳고
방房 없는 곳에 도읍이 선다.

거지가 시주施主를 만났으니
저한테 주어진 것도 다 먹지 못한다.
음식을 남기고 싶지 않아도
마저 다 먹을 수 없다.
그가 왜 다른 데로 가겠느냐?

살기 위하여 죽는 법을 아는 사람들,
큰 산처럼 울타리 없는 곳에서
인생을 즐기리라.
나, 카비르,
보화를 발견했지만
하리를 만나 소멸되었다.

———
아버지를 낳는 아들; 영혼이 아버지인 하나님을 낳는다. 영혼이 그분
을 자기 안에 모신다.
방 없는 곳에 선 도움; 쓸모없다고 여겨지던 것을 중심으로 삼는다. (모
퉁이 돌에 대한 그리스도의 비유.)

❋

왜 읽는가?
왜 명상하는가?
왜 베다와 푸라나를 듣는가?
본성으로 그분을 흠모하지 않으면서
읽고 들은들 무슨 소용인가?

어리석은 사람아,
하리의 이름을 궁리하지 마라.
무엇 때문에 머리를 그토록 괴롭히는가?

어둠 속의 너는 등불이 필요하다,
닿을 수 없는 그분을 찾고자 원한다면.
닿을 수 없는 분을 찾고 나면
그 등불, 네 가슴에서 영원히 타오르리라.

카비르는 말한다,
"이제 알겠다.
내 가슴이 위로 솟아오른다.
하지만 사람들은,
행복한 가슴 하나로 만족하지 않는구나.
그런 자들에게 네가 무엇을 해줄 수 있겠느냐?"

✿

가슴 속엔 적개심,
입술로는 지혜.
속이는 자야,
왜 물을 휘젓고 있느냐?

어쩌자고 몸을 북북 문지르느냐?
더러운 때는 안에 있는데.

모든 성소聖所에서 호리병을 씻어도
술맛은 여전히 쓸 것이다.

명상을 마치고 카비르는 말한다,
"오, 무라리여, 나로 하여금
이 세상 큰 바다를 건너게 하소서."

✤

간교함으로 남의 재물을 긁어모으고
그것을 제 아내와 아들에게 허투루 쓰는구나.

오, 내 가슴아,
실수로라도 남을 속이지 마라.
마지막 정산精算할 때
네 목숨을 내놓게 될 것이다.

네 몸은 순간마다 쇠약해지고
늙은 나이는 감출 수 없다.
그러면 아무도 네 손에
물 한 방울 부어 주지 않을 것이다.

카비르는 말한다,
"누구도 네 것으로 만들 수 없다.
언제 어디서나 가슴으로 람의 이름을 불러라."

❀

오, 현자들이여,
바람처럼 쉴 줄 모르던 내 마음,
이제 위안으로 감싸여 있다.
바야흐로 앞에 있는 모든 것을
받아들일 준비가 되었다.

내 안에서 얼마나 비밀스럽게
들짐승들이 돌아다니는지,
나의 구루가 내게 보여 주었지.
나는 문들을 닫았고—
뜯지 않는 수금竪琴이 울렸다.

연꽃-주전자에 물이 가득 찼는데,
내가 그것을 기울이면 물이 쏟아져 나온다.
당신의 노예, 카비르는 말한다,
"나는 안다, 이제 내 가슴은 행복하다."

———

들짐승; 탐욕.

연꽃-주전자; 가슴(마음).

물; 악과 죄.

❀

배고프면 열심을 내어 섬기기 어렵지요.
여기, 당신의 염주念珠를 붙잡고,
현자들의 발에서 떨어지는
부스러기를 나는 구할 따름입니다.
그리하여 아무에게도 짐이 되지 않기를.

오, 마드호, 내가 당신을 부끄러워한다면
그러면서 어찌 살 수 있겠나이까?
당신이 주지 아니하시면
세상에 구걸할 수밖에 없습니다.

내가 구하는 건 네 줌 밀가루,
반 토막 버터,
소금 약간 그리고
이틀 먹을 치의 완두콩이 전부입니다.

다리 네 개 달린 간이침대,
베개 하나에 요 한 장,
그리고 몸 덮을 조각보 하나만 주십시오.
그러면 당신 종이 사랑으로 당신을 섬기오리다.

턱없는 것 바라지 않습니다.
당신의 이름,

오직 그것만을 나는 좋아합니다.

카비르는 말한다,
"내 가슴이 행복하다.
가슴이 행복할 때 나는 하리를 안다."

❀

사나카, 사난다나, 마헤사,
셰스나가 그리고 다른 누구도
당신의 비밀을 배우지 않았습니다.

현자들 모임 안에서,
나, 람을 가슴에 모셨나이다.

하누만과 가루다,
수르파티와 힘 있는 왕들,
아무도 당신의 덕德을 행하지 않았고,

네 권 베다경, 스므리티, 푸라나를
카믈라의 주인과 카믈라,
누구도 제대로 이해하지 못했습니다.

카비르는 말한다,
"람의 발을 만지고,

그 보호 아래 머무는 이들,
그들은 결코 헤매지 않을 것이다."

❋

날에서 시간으로,
시간에서 분초로,
수명은 줄어들고
몸은 쇠약해진다.
날랜 사냥꾼처럼
죽음이 뒤쫓는다.
말해 보아라, 네가 무엇을 할 수 있느냐?

그날은 다가오는데 어머니, 아버지,
형제, 아내 그리고 아들아,
말해 보아라, 모두들 어디에 속해 있는가.

짐승은 저에 대하여 아무것도 모른다,
그 몸으로 숨 쉬고 살면서.
한사코 생명을 탐하고 또 탐하지만
눈으로 아무것도 보지 못한다.

카비르는 말한다,
"오, 죽지 않을 수 없는 것들아, 들어라.
네 가슴의 모든 의혹을 밀쳐 두고

오직 그분 이름을 부르고 또 불러라.
그리하여, 그분 쉼터로 들어가라.
죽지 않을 수 없는 것들아,"

❋

사랑에 대하여 조금이라도 아는 이들,
그들을 너는 이상한 사람이라고 부르겠지.
물이 한번 물에 섞여 들면
둘로 나눌 수 없듯이,
태생은 비천한 직조공이 그분에 섞여 들었다.

오, 하리의 사람들아,
나는 단순한 마음 하나다.

오, 카비르,
네가 베나레스에서 죽으면
람이 너에게 빚진 게 없잖으냐?

카비르는 말한다,
"들어라, 오, 사람들이여.
베나레스가 무엇이고
마가하르는 또 무엇인가?
람이 그대들 가슴에 있다면."

❖

겉으로 보이는 경건한 생활이
너를 인드라의 도읍이나
시바의 도읍으로 데려는 가겠지.
하지만 곧장 너는 다시 돌아와야 한다.

아무것도 영원치 않다.
무엇을 내가 구할 것인가?
람의 이름을 네 가슴에 모셔라.

아들, 아내, 많은 재물들─
말해다오,
누가 그것들로 참 위안을 얻는가?

카비르는 말한다,
"내게는 아무것도 쓸모가 없다.
내 영혼은 람의 이름이 충분한 재물이다."

─

인드라의 도읍이나 시바의 도읍; 천당의 다른 이름.

❖

람을 기억하라,
람을 기억하라,

람을 기억하라.

오 내 형제여,
너무나 많은 사람들이
람의 이름을 기억 못하고 빠져 죽었다.

아내, 아들, 몸, 집, 재물—
모두 즐거움을 주는 것들이다.
하지만 네가 지킬 수 있는
네 것은 결코 아니다.
마지막엔 그 모든 것들이 죽어야 한다.

코끼리 아야말라와
죄 많은 매춘부,
그들도 람의 이름 불러 바다를 건넜다.

너는 개와 돼지의 자궁 속에
몰래 숨어들었으면서
여전히 부끄러움을 모르는구나.
너는 람의 이름을 버렸다.
자신으로 하여금 독毒을 삼키게 했다.

네가 할 일은 물건들을 포기하는 것.
그리고 람의 이름을 붙잡는 것.

주인님의 노예 카비르야,
구루의 은혜로 부디 람을 사랑하여라.

———

브라민 아야말라가 매춘부와 사랑에 빠져 속세의 쾌락을 즐기면서
평생을 살았다. 그의 아들들 가운데 하나가 나라야나(비슈누의 별호)이
다. 아야말라가 죽게 되었을 때 아들을 불렀고 그가 하나님 이름을 제
대로 불렀기 때문에 구원 받았다.

코끼리; 본디는 천상의 악사樂士인데 저주를 받아 코끼리 모양을 하게
되었다. 하루는 물을 마시러 호수에 갔다가 낙지한테 붙잡혔는데 빠져
나올 수 없어 하나님께 기도하면서 수선화 한 송이를 예물로 바쳤고
그러자 낙지와 저주에서 함께 풀려났다.

매춘부; 그녀를 죄에서 구해 주려는 고행자로부터 앵무새 한 마리를
선물로 받는데, 그 앵무새가 "람"을 부를 줄 안다. 앵무새가 람을 부르
는 것을 자세히 듣고 따라서 부름으로써 매춘부는 구원을 받는다.

❋

베다와 서쪽의 다른 거룩한 책들,
오, 내 형제여,
모두가 지나친 과장誇張이라,
사람의 가슴을 편케 해주지 않는다.
네가 단 한 순간이라도 멈추어 생각한다면
어디에나 쿠다의 계심을 알게되리라.

오, 사람아,

날마다 네 마음 들여다보아라.
어찌하여 어지럽게 돌아만 다니는가?
이 세상 마술을 아무도 손으로 잡을 수 없다.

너는 행복하게 거짓말을 읽고 있지만
바보처럼 그것들을 얼버무린다.
유일하게 참되신 주인님은
크리슈나의 우상 아닌,
모든 사람 안에 살아 계신다.

그 강은 하늘에 흐르고
너는 거기에서 목욕해야 한다.
그분의 탁발승이 되어서
눈 비비고 보아라,
그분은 아니 계신 곳이 없으시다.

알라는 거룩하신 분들 가운데 거룩하신 분.
그분 말고 다른 누가 있다면
나는 그를 의심하리라.
오, 카비르야, 카림의 자비는
그것을 알도록 허락받은 자들만 알 수 있다.

—

서쪽의 다른 거룩한 책들; 이슬람을 가리킨다.

❀

태어난 뒤로 너,
진정 무엇을 하였느냐?
한 번도 람의 이름 부르지 않고.

지금도 너는 람을 예배하지 않는구나.
정말 네가 하는 일이 무엇이냐?
오, 어리석고 가련한 사람아,
네 죽음을 어떻게 준비하고 있는 거냐?

고생스럽게 그리고 행복하게
가족을 부양했다만,
죽는 날 혼자서 괴로울 것이다.
목덜미 움켜잡힐 땐 비명을 지르겠지.

카비르는 말한다,
"그러니 왜 처음부터
아무 생각도 하지 않고 살았더냐?"

❀

여인이 아이처럼 부들부들 떤다.
"남편이 나를 어떻게 대할지 모르겠어요."

밤이 지났다.
낮 또한 지나게 놔두지 마라.
땅벌은 떠나고 황새가 내려와 앉는다.

굽지 않은 질그릇엔
물을 담지 못한다.
백조는 떠났고
몸뚱이는 시들어 간다.

젊은 처녀가 몸단장을 한다만,
사랑하는 연인 없이 무슨 복을 누리랴.

까마귀들 쫓느라고
내 팔이 그만 지쳐 버렸다.

카비르는 말한다,
"얘기가 거의 끝나가는군."

———
땅벌이 떠나고 황새가 내려와 앉음; 한때 검던 머리가 잿빛으로 바뀌다.

❋

네가 뭘 할 수 있는 시간이 다 되었다.
이제 정산精算해야 한다.
몰인정한 저승사자들이 널 데리러 왔다.

"무엇을 벌었느냐?
그것을 어떻게 써 버렸느냐?
서둘러 와라,
주인님이 널 부르신다."

"곧장 와라,
주인님이 널 부르신다.
하리의 법정에서 소환장이 날아왔다."

너는 엎드려 빌겠지.

"아직 마을에서 할 일이 남았습니다.
오늘 밤이라도 그 일을 마칠 수 있게 해 주셔요.
비용은 드리겠습니다.
그러면 내가 새벽기도를 바칠 수 있겠지요."

현자들과 어울려 하리의 물감으로 물든 사람들,
두 배로 복되고 더없는 행운아들이다.
저들이 모든 태어난 것의 목적을 이루었으니
이 세상에서 지극히 행복하리라,
그리고 다음 세상에서도.

깨어 있으면서 잠자는 사람들,
그들은 두 번 다시 태어나지 않는다.
네가 쌓아둔 재물과 번영, 네 것이 아니다.

카비르는 말한다,
"주인님을 잊어버린 자들,
티끌 속에 버림받아 누워 있구나."

❀

눈은 보느라 고단하고,
귀는 듣느라 고단하고,
아름다운 몸은 사느라 고단하더니,
눈 깜짝할 사이에
나이는 들었고
모든 감각도 지쳐 버렸다.
마야만이 홀로 피곤을 모른다.

어리석은 사람아,
도무지 분간할 줄 모른 채,
한 생生을 헛되이 낭비하였구나.

오, 죽지 않을 수 없는 사람아,
몸에 숨이 붙어 있을 때
람을 기억하여라.
몸은 잃더라도
사랑은 잃지 마라.
하리 발치에서 살아라.

그분이 당신 말씀을 가슴에 심어 준 사람들,
그들은 목마르지 않다.
그분 명命을 알고 지키는 것으로
네 주사위를 삼고,
다스려진 마음으로 그것을 던져라.

보이지 않는 한님을 깨닫고
예배하는 사람들,
그들의 어느 것도 소멸되지 않는다.

카비르는 말한다,
"주사위를 어떻게 던지는지,
그 방법을 아는 이들,
결코 버림받지 아니하리라."

✿

성채城砦 하나에 다섯 성주城主,
저마다 세금을 내라고 했지.
나는 저들의 땅을 갈지 않았지만
세금 물기가 참으로 힘들었네.

오, 하리의 사람들아,
세무관은 끊임없이 나를 협박하였고,
나는 두 손 들고 구루를 불렀네.

그가 나를 구원해 주었지.

아홉 감독관에 열 즉석 판사,
그들은 소작지를 가만두는 법이 없네.
정직한 자로 재지 않고
끝없이 뇌물을 챙겨 먹었지.

일흔두 칸 저택에 사시는 한님,
그분 이름을 나의 구루가
세액税額으로 적어주었네.
드하름라자 세무서에서 정산精算할 때,
내가 전액 면세자임을 그때 알았지.

성자들을 비방하지 마라.
성자들과 람은 한 분이시다.

카비르는 말한다,
"이름을 신성한 지식이라 부르는
그 구루를 내가 찾았네."

———

성채는 몸, 다섯 성주는 다섯 감각, 세무관은 죽음, 아홉 감독관은 몸의
아홉 구멍, 열 즉석 판사는 다섯 지각知覺기관 더하기 다섯 행동기관,
일흔두 칸 저택은 사람 몸을 이루는 일흔두 지체.

✿

아무도 머물러 있을 수 없는
세상은 그런 곳이라네.
오, 나의 형제여,
올곧은 길로 걸으시게.
그러지 않으면,
오, 나의 형제여,
자네가 옆길로 밀쳐질 테니.

아이들과 젊은이와 늙은이들,
오, 나의 형제여,
저들 모두 염라가 몰고 가는데,
가련한 인간,
생쥐 한 마리,
오, 나의 형제여,
수고양이 죽음이 그를
한입으로 게걸스레 먹어치우지.

그 인간이 부유한지 가난한지,
오, 나의 형제여,
도무지 그는 관심이 없네.
다스리는 자와 다스림 받는 자
모두를 도살하는 죽음은 그만큼 강하지.

하리의 종들, 그분이 사랑하시는,
그들은 얘기가 다르네.
오, 나의 형제여,
그들은 오지도 않고 가지도 않고,
그들은 죽지도 않지.
오, 나의 형제여,
파르브라마가 그들의 친구인 거라.

아내, 아들, 명예, 재물…
오, 나의 삶이여,
그것들 모두 버려두자.

카비르는 말한다,
"들어라, 그대 현자들이여,
사랑파니를 만날 다른 길이 없다.
오, 나의 형제들이여."

❀

나는 유식한 책들을 읽지 않았고
논쟁도 할 줄 모릅니다.
하리의 덕행을 듣고 말하다가
그만 돌아 버리고 말았어요.

오, 아버지, 내가 미쳤다고요.

온 세상이 멀쩡한데 나 혼자 미쳤습니다.
내가 나 자신을 낭비해 버렸어요.
다른 이들은 같은 짓을 하지 않게 해 주셔요.

내가 나를 미치게 한 건 아닙니다.
람이 나를 미치게 만들었지요.
그분, 참 구루가 내 모든 의혹을 불태웠어요.

내가 미쳤을 때, 그때
나는 모든 감각을 잃었습니다.
다른 이들은 내 실수를 따라할 필요 없겠지요.

자기 자신을 모르는 자들,
그들이 미친 것이다.
네가 너 자신을 알았을 때
너는 한님을 알았다.
네가 아직 술에 취하지 않았으면
앞으로도 취하지 않으리라.

카비르는 말한다,
"나, 람의 색으로 물들었다네."

❀

네가 집을 떠나 숲으로 가서

풀뿌리를 캐어 먹는다만,
그런데도 여전히 죄로 가득하고
악한 가슴은 못된 짓을 버리지 못했구나.

내가 어떻게 구원받을 수 있을까?
어떻게 건너갈 수 있을까?
저 겁나고 드넓은 세상 바다를.

오, 비이달,
나를 구하소서.
나를 구원해 주소서.
당신 종이 당신 손 안에 있나이다.

세상에 쾌락이 하도 많아서
그것들을 버리기가 참으로 어렵구나.
그것들을 떨쳐 버리려고
내 딴에는 무진 애를 썼지만
거듭 또 거듭 그것들에 움켜잡히네.

젊음은 가고,
늙은 나이도 가고,
착한 일 한번 해 보지 못한 채,
그놈의 조개껍질 가지고 노닥거리다가
그만에 조개껍질이 되고 말았네.

카비르는 말한다,
"오, 나의 마드호,
당신은 어디에나 스며들어 계시는데,
당신의 자비만 한 자비 없고 내 죄만 한 죄 없나이다."

❖

오, 시누이들이여, 내 말 좀 들어봐요.
직조공이란 녀석이 제 옹기 단지를 끼고 다니며
하루 종일 제 부엌을 손질한다오.
베틀이나 북 같은 건 거들떠도 안 보고
혼자 복에 겨워서 "하리, 하리"만 부르고 있지요.

정말이지 놀라 자빠질 일이오.
녀석이 실 꾸러미는
어디에서 잃었는지도 모르니,
차라리 죽어서 눈에 안 띄면 좋으련만.

모든 지복至福의 스와미는 한 분 하리.
구루가 그 이름을 내게 주셨지.
그분은 성자 프라흘라다의 명예를 지키고
당신 발톱으로 하르나크하사를 찢어발기셨지.
나는 집안에서 모시던 신들과
아버지들의 전통을 모두 버렸다네.

카비르는 말한다,
"그분이 모든 죄를 도말하시고 당신의 성자들을 구하신다."

❋

어느 라자도 하리만 못하지.
라자들의 고상한 모습도
겨우 며칠 동안이지.

우리가 당신의 종인데
무엇을 꺼리겠어요?
당신이 삼계三界를 삼키면
아무도 우리에게 손댈 수 없고
감히 우리 앞에서
말을 꺼내지도 못합니다.

오, 내 마음아,
생각하고 다시 생각하여라.
줄 없는 수금竪琴이 노래하리라.

카비르는 말한다,
"내 의혹과 두려움이 사라졌다.
그분이 드호루바와 프라흘라다를 지켜 주셨다."

✺

나를 구해 주십시오.
내가 악을 행하였습니다.
나는 순하지 않았고
임무를 완수하지 않았고
예배하지 않았고
섬기지 않았고
교만하였고
비뚤어진 길을 걸었습니다.

이 몸이 영원불멸인 줄 알아,
깨어지기 쉽고
불에 굽지도 않은
옹기단지를,
애지중지하였습니다.

내가 그분을,
당신 자비로 나에게 생명을 주신,
그분을 잊고서,
다른 것들에 빠졌습니다.

나는 당신께 도둑입니다.
나를 성자라 부르지 마십시오.
내가 당신 발치 쉼터에 몸을 던지옵니다.

카비르는 말한다,
"들어 주십시오, 이 말을.
염라의 사자를 내게 보내지 마십시오."

❀

내가 당신 법정에 호소합니다.
당신 아닌 누구도
나를 돌보지 않습니다.
문을 벌컥 열고서
내게 당신을 보여 주십시오.

당신은 재화財貨의 주인,
아낌없이 베푸는 분.
내 귀가 당신 찬미하는 노래를 듣습니다.

나는 누구에게 빌어야 할까요?
이 눈이 보는 그 누구도
나에게 무엇을 주지 않습니다.
당신 홀로 나를 건네주실 수 있습니다.

야이데브와 남데브
그리고 브라아민 수다마—
그들에게 당신은
끝없는 자비를 베푸셨지요.

카비르는 말한다,
"당신은 모든 것을 주실 수 있는 분.
지체 없이 네 가지 축복을
모두에게 베푸실 수 있는 분."

___

네 가지 축복; 드하르마(신앙), 아르다(재물), 카마(욕망의 충족) 그리고 모크샤(구원).

❋

지팡이 하나,
귀걸이 주렁주렁,
넝마가 다 된 겉옷 한 벌,
그리고 동냥주머니―
이리저리,
요기 차림으로,
어슬렁거리는구나, 괜스레.

그 요기 시늉 좀 버려라.
어리석은 사람,
숨 쉬는 부평초야.
교활한 속임수 집어치우고
어리석은 사람아,
너의 하리를 예배하여라.

네가 참으로 구걸할 것은
삼계三界를 벗어나는 일이다.

카비르는 말한다,
"케샤바, 오직 그분만이 진짜 요기다."

❋

오, 야그디쉬,
오, 고사인,
마야가 우리로 하여금,
당신 발치를 떠나 헤매게 만들었습니다.
우리 안에는 한 줌의 사랑도 깜박이지 않습니다.
가련한 인생들이 무얼 할 수 있을까요?

저주받은 이 몸,
저주받은 재물,
저주받은 마야.
그리고 두 배로 저주받은,
사람 속이는 이성理性과 지능知能.

당신 말씀인즉,
마야를 잘 견제하라고,
그녀를 묶어 두라고 하셨지요.
농사짓고 장사하는 게 무슨 소용인가요?

거짓만이 세상의 자부심인데.

카비르는 말한다,
"죽음이 닥치는 마지막 순간에
혼자서 황당할 인간들이 참으로 많구나."

❀

육신의 연못에
무엇하고도 견줄 수 없는
연꽃이 자란다,
꼴도 없고
모양도 없는
푸루쇼타마의 찬란한 빛이.

오, 내 가슴아,
하리를 찬미하여라.
의심을 버려라.
람이 세상의 영혼이시다.

한 송이 수련睡蓮처럼
태어난 곳에서 죽는 그 꽃이
피고 지는 건 아무도 보지 못한다.

영원한 평화를 생각하면서,

그것이 어쩔 수 없는 숙명임을 알고서,
나는 마야를 저버렸노라.

카비르는 말한다,
"네 가슴 속 무라리, 그분을 섬겨라."

❀

고빈드에게 바치는 사랑이,
태어남과 죽음에 대한
내 모든 의심을 흩어 버렸네.
비록 아직 살아 있지만,
나, 영원한 침묵으로 녹아들었어.

구리에서 나온 소리가
다시 구리로 섞여 드는데,
이보게, 석학碩學,
구리가 깨어지면
구리 소리는 어디로 가나?

세 호흡이 만나는 그곳에서,
나, 그분을 보았네.
털구멍들이 저마다 깨어났지.
그런 통찰을 얻었기에,
나, 아직 살았을 때 모든 것을 버렸네.

바야흐로 내 정체를 알게 되었어.
내 빛이 그 빛에 녹아들었네.

카비르는 말한다,
"나 이제 안다, 내 가슴이 고빈드에 녹아든 것을."

———

세 호흡; 요가에서는 두 콧구멍의 숨과 코허리의 숨을 구분한다. 여기서는 신성한 지식의 삼중 구조, '그야타'(아는 이, 하나님), '그얀'(앎), '계야'(앎의 내용)를 의미하기도 한다.

❊

가슴에서 당신의 연꽃 같은 발이 쉬고 있는데,
오, 데바여,
어째서 그들은 저렇게 흔들리는 겁니까?

천천히 쉬지 않고,
"오, 데바"를 말하는 사람들,
모든 위안과 보물이 그들의 것입니다.

데바에 의하여 단단한 매듭이 풀어질 때
만유에서 그분을 보게 되리라.
네 가슴을 데바의 저울에 올려놓을 때
거듭거듭 마야를 훼방하리라.

어디를 가든지,
네가 거기에서 위안을 얻고
마야는 결코 너를 넘어뜨리지 못할 것이다.

카비르는 말한다,
"행복하여라, 람의 사랑에 흡수당한 이 가슴."

❋

현자를 만나거든 뭐든지 물어보고
그리고 귀 기울여 들어라.
불신자를 만나거든,
입 다물고 침묵하여라.

아버지, 내가 말을 한다면
무슨 말을 할까요?
이런 말을 하면 됩니까?
"람의 이름 가까이 머물러라."

현자에게 말하는 건
너를 좋은 데로 데려가고,
어리석은 바보한테 말하는 건
괜히 고함을 지르는 거다.

끝없는 잡담은 악을 키울 뿐인데,

그런데 너는 어떻게,
네가 무슨 말을 할 것인지,
네가 말하지 않으면
어찌 될 것인지를 묻는 거냐?

카비르는 말한다,
"빈 그릇이 시끄러운 법이다.
가득 찬 그릇은 소리를 내지 않는다."

❁

사람 하나 죽으면 도무지 쓸데가 없고
짐승 하나 죽으면 여러 가지로 쓸데가 많다.

내 행실의 결과를 내가 어찌 알겠습니까?
오, 아버지,
그걸 내가 어찌 알겠어요?

뼈다귀는 한 아름 장작처럼 불타고
머리털은 한 줌 풀처럼 불탄다.

카비르는 말한다,
"염라의 곤봉이 골통을 내려치면
그때서야 인간들은 깨어난다."

✻

하늘 영역에,
지하세계 영역에,
눈으로 보는 사방 영역에,
그분이 계신다.
푸루쇼타마가 언제나 기쁨의 뿌리다.
육신은 소멸해도
영역은 영원히 거기에 있다.

지금 나는 모든 것을 등지고
생명이 온 그곳을 유랑하고 있다.
이 물건은 어디로 어떻게 사라질 것인가?

다섯 요소들이 섞여서
이 몸을 이루었는데,
오, 나의 형제여,
그것들을 누가 섞었는가?
너는 말하기를,
생명이 행동에 달렸다고 하는데,
오, 나의 형제여,
누가 행동에 생명을 주는가?

몸은 하리 안에, 하리는 몸 안에—
그분이, 오, 나의 형제여,

모든 것들 안에 그분이 섞여 있다.

카비르는 말한다,
"나는 람의 이름을 놓지 않겠다.
오, 나의 형제여,
일어나는 모든 것들이 스스로 일어난다."

❊

그들은 내 손을 묶어
진흙덩이처럼 던져 버렸다.
그러고 화를 내며
코끼리 머리를 때렸지.
그 가련한 짐승을 위하여
나는 나를 희생시킬 수 있다.

오, 나의 타쿠르,
당신이 나의 집입니다.

콰지가 말했다.
"코끼리를 막대로 찔러라.
이놈, 마후르야,
내가 네 목을 쳐야겠느냐?
찔러라, 찔러!
코끼리를 움직여라."

하지만 코끼리는 황홀경에 들어,
움쩍달싹도 하지 않는다.
보물을 나눠 주는 이가
그 가슴 속에 살아 있기에.

저 성자가 무슨 죄를 지었다고
나뭇단처럼 묶어서
코끼리 앞에 던진단 말인가?
코끼리가 나뭇단을
거듭거듭 들어 올리고
그 앞에 고개 숙여 절을 한다.

그런데도 콰지는 알아보지 못하는구나.
그렇게 세 차례나 시도했지만
그의 비정한 가슴은 성이 차지 않는다.

카비르는 말한다,
"고빈드는 내가 모시는 분,
그분의 종이 네 번째 무대에 이르렀다."

———
카비르를 죽이려다가 실패한 무슬림들 이야기. 자기 몸을 코끼리라고
부른다.
네 번째 무대; 구원의 성취. 세 가지 구나(물질 자체)를 극복할 때 구원이
성취된다. 네 번째 무대인 네 번째 성품(구원)에 이르려면 앞의 세 구나
들을 거쳐야 한다.

✤

그는 사람도 아니고
신神도 아니다.
순결한 고행자도 아니고
시바 숭배자도 아니다.
요기도 아니고
은수자도 아니다.
그에게는 어미가 없다.
그는 누구의 자식도 아니다.

누구인가, 여기 이 집에 살고 있는,
아무도 헤아려 알 수 없는,
그는 누구인가?

가장家長도 아니고 탁발승도 아니다.
왕도 아니고 거지도 아니다.
몸도 없고 피도 없다.
브라아민도 아니고 크샤트리아도 아니다.

엄숙한 현자도 아니고 촌장도 아니다.
태어나지도 죽지도 않는다.
그의 죽음을 슬피 우는 자들은
괜한 짓을 하고 있는 거다.

구루의 은혜로, 나는 그 길을 찾았다,
나의 태어남과 죽음이 지워지는.

카비르는 말한다,
"람의 빛은 지우기 어렵다,
종이에서 먹을 지우기 어렵듯이."

———

이 노래의 '그'는 하나님의 반영反影, reflection으로 여겨지는 사람의 영
혼soul.

✤

실은 끊어지고
풀은 마르고
문짝은 떨어지고
풀칠하는 붓들은 망가지고
대머리 현자 뒤로 죽은 베틀이 덩그렇다.

대머리 현자는 돈이 없다.
아들과 딸을 먹일 음식도 없다.
베틀과 북은 잊힌 채 뒹굴고
그의 가슴은 람으로 가득 차 있다.

누구는 집안에,
누구는 길에,

누구는 마루에,
누구는 침대에,
누구는 골통 두드리며 주머니에 책을 넣고,
누구는 완두콩을 볶는다.

이 모든 대머리 현자들이
하나로 되어
물에 빠져 죽는 것을 후원한다.

들어라, 눈먼 사람아,
카비르는 이 모든 대머리의 보호를 받았다.

❋

남편이 죽는데 아내는 울지 않는다.
다른 남자가 그녀를 돌봐 준다.
차례가 되어 그가 죽는데
여기서 즐긴 쾌락만큼
지옥이 흐릿하게 나타나 보인다.

한 신부가 온 세상의 사랑을 받는다,
모든 살아 있는 자들의 아내로.
목걸이를 한 신부는 매력만점이다.
현자한테는 독毒,
세상에는 쾌락.

짙게 화장한 얼굴로 그녀가
매춘부처럼 앉아 있다가,
성자들한테 외면당한
온갖 지저분한 것들을 집적거린다.

성자들이 등지고 달아날 때
그녀는 그 뒤를 쫓아간다.
구루의 은혜로 그녀도
매 맞는 것을 겁내게 되었다.
신神을 모르는 자들의
삶이요 넋인 그녀,
내 눈엔 사람 잡아먹는 도깨비다.

신神을 모신 구루가
친절하게 나를 만나 주었을 때,
나는 그녀의 많은 비밀을 알게 되었다.

카비르는 말한다,
"내가 그녀를 돌려보내자,
세상이 그녀한테 아교처럼 달라붙었다."

———

아내; 마야.

집안에 재물이 없으면
손님들이 고픈 배로 떠나야 하네.
오, 내 형제여,
그러면 가장은 행복할 수 없지,
그 모든 비방을
신부新婦 없이 혼자 당해야 하니.

신부 만세!
그녀가 가장 거룩하므로,
많은 현자들의 마음을 바꿔 놓았으므로.

이 신부는 구두쇠의 딸인데,
그분의 종들을 버리고
온 세상 남자들과 잠자리를 함께 한다네.
현자의 문간에서 그녀는 말하지,
"나를 지켜 주세요. 나를 구해 주세요."

이 신부는 무지무지 아름다워,
걸을 때면 발목 장식이 쟁그랑 쟁그랑.
숨만 붙어 있으면
아무 남자나 껴안고,
그가 거절하면 맨발로 도망치지.

삼계三界가 이 신부 손아귀에 잡혀 있네.
그녀는 열여덟 권 푸라나와 순례 성지들을 사랑하지.
그녀는 브라마, 비슈누, 마헤사를 유혹하였고
왕들과 군주들의 가슴을 찢어 놓았네.
이 신부한테는 경계가 없어,
다섯 나라다와 동맹을 맺었거든.

그 다섯 나라다의 옹기가 부서질 때,
카비르는 말한다,
"구루의 은혜로 나는 풀려났도다."

———

다섯 나라다; 다섯 감각. 탐욕, 교만, 분노, 욕정, 세속 사랑의 오악五惡
일 수도 있다.

❀

대들보 없으면
집이 설 수 없거늘,
어떻게 그분 이름 없이
바다를 건널 수 있겠느냐?
항아리 없이는
물을 담지 못하거늘,
어떻게 현자 없이
구원 받을 수 있겠느냐?

람을 생각하지 않는 자들,
태워 버려라,
몸과 마음이 세상 환락에 빠진 자들.

쟁기질 없이는
밭에 씨 뿌릴 수 없거늘,
어떻게 줄 없이
보석들을 꿸 수 있겠느냐?
고리 없이 어떻게 매듭을 짓겠느냐?
그러니 현자 없이는
구원 받을 수 없는 것이다.

아비 어미 없이는
아이가 태어날 수 없거늘,
어떻게 물 없이
옷을 빨 수 있겠느냐?
말이 없는데
어떻게 말을 탈 수 있겠느냐?
그러니 현자 없이는
구원 받을 수 없는 것이다.

음악 없이는 아무도 춤출 수 없다.
그렇듯이 과부는 영원히
제 남편과 떨어져 있어야 한다.

카비르는 말한다,
"해야 할 값진 일은 오직 하나.
구루의 종이 되어 다시 죽지 않는 것."

✣

그 또한 제 가슴 두드리는 뚜쟁이다.
그러면서 염라로부터 도망치는,
망치로 제 가슴 두드리고
시금석으로 그것을 시험하는,
그 뚜쟁이가 내 구원을 보증하리라.

어이, 세상아,
넌 누구를 뚜쟁이라고 부르는가?
말에는 여러 의미들이 있기에 묻는 말이다.

그녀 또한 매춘부다,
제 영혼과 함께 춤추고
거짓에 속아 넘어가지 않고
진실을 기뻐하고
제 영혼의 리듬을 완성하는,
이 매춘부의 영혼을 하나님이 지키신다.

그녀 또한 밤거리 여인이다,
제 가게들을 돌아보고

다섯 햇불을 밝히고
나우라야크를 기꺼이 섬기는,
이 밤거리 여인이 나의 구루임을 나는 안다.

그 또한 도둑이다.
악의가 없고
제 감정을 다스리기 위하여
그분 이름을 부르는,
그의 자비로 내가 덕德을 입으니
복되다, 거룩한 구루,
멋지고 총명한 나의 구루여.

❋

복되다 고팔,
복되다 거룩한 구루,
복되다 굶주린 배를 채워 주는 밀.
복되다 이 모든 것을 이해하는 현자들,
그들이 사랑파니를 만나게 되리라.

밀은 근본 존재로부터 오는 것.
밀을 맛볼 때 그분 이름을 거듭 불러라.

그분을 예배하여라.
밀을 섬겨라.

얼마나 아름다운가,
물에 섞여 들 때 그 빛깔.
밀로부터 멀리 떨어진 사람들,
그들은 삼계三界에서 평판을 잃으리라.

밀을 버리고 속임수에 가담하는 여자는
신부도 아니고 매춘부도 아니다.
재잘거리며 우유만 먹고 산다는 사람들,
그들도 남몰래 옹근 빵을 삼킨다.

밀 없이는 행복할 수 없다.
밀을 포기하면 고팔을 만날 수 없다.

카비르는 말한다,
"이것이 내가 아는 전부다.
그로 인하여 타쿠르로 만족하는 밀에 복이 있다."

❋

내 몸은 양푼,
그 안에서 재료를 섞지.
오, 내 형제여,
구루의 가르침으로 설탕을 삼아,
오, 내 형제여,
욕망, 분노, 교만, 정욕, 적개심을

껍질 벗기고 칼로 잘라서
설탕에 버무리네.

평화 안에서 길 잃은 현자를
나에게 보여 주시게.
오, 내 형제여,
내가 그에게 경의敬意와 참회懺悔를
수수료로 지불하겠네.
오, 내 형제여,
그의 증류기에서 듣는 한 방울 술에
내 몸과 영혼을 내어 주겠네.

온 세계로 화덕을 만들고
오, 내 형제여,
거기에 브라마의 불을 지폈지.
달콤한 노래를 증류기 마개로 삼고
오, 내 형제여,
가슴의 노래로 그것을 식혔네.

순례, 금식, 계율, 고행,
두 콧구멍의 호흡─
이것들을 자본으로 삼고
오, 내 형제여,
이해理解로 술잔을 만들면,
오, 내 형제여,

이것이 내가 마시는 신주神酒라네.
더없이 순수한 술이
방울져 흐르고
내 영혼은 신주에 흠뻑 젖고 말지.

카비르는 말한다,
"다른 모든 마실 것들 마시나마나,
오, 내 형제여,
완벽한 건 이 위대한 술이다."

❈

배움을 설탕으로,
명상을 마후아 꽃으로,
하느님 경외를 화덕으로 삼아라.
그리고 그것을 마시면,
호흡을 멈춘 이들이 알았던
그 지복至福을 네가 알게 되리라.

여보게, 요기.
내 영혼이 취하였네.
내가 취했어.
한번 독한 술을 맛보았더니
삼계三界가 환하게 밝아졌다네.

두 맷돌 짝을 겹쳐 놓고
화덕에 불을 지폈다.
마침내 나는 최고의 소화消火를 마시고
탐욕과 분노를 불태우고
속세에 대한 사랑을 날려 버렸다.

구루 덕분에
지혜의 광휘光輝가 나에게 드러났고
나는 하나님에 통달하였다.
참 구루한테서 깨달음을 전해 받았다.

카비르, 이 종이 술을 마셨다.
황홀한 취기醉氣에서 깨어날 것 같지 않구나.

———
마후아 꽃; 식품 발효 과정에 쓰인다.

❋

오, 스와미, 당신은 나의 메루 산.
나, 당신의 도피처를 찾았다.
당신은 결코 흔들리지 아니하겠고
나는 떨어지지 아니하리라.
하리가 나를 지켜주는 분이시다.

그러므로 지금처럼 영원히

당신, 당신.
당신의 은혜로 나,
영원토록 지복至福을 누리리라.

당신 기대어 내가 왔고,
마가하르에서 살기 시작하였지.
나의 불타는 몸을 당신이 식혀 주었고,
나는 당신을 마가하르에서 처음 만나 보았고,
그 뒤에 몸을 끌고 베나레스로 갔다.

마가하르는 베나레스와 같은 곳.
나에게는 둘이 똑같다.
나같이 가난한 자는 보물을 찾고,
오만한 자들은 교만을 떨면서 죽어 간다.

오만한 자들이 가시에 찔렸는데
아무도 그 가시를 뽑아 주지 않는구나.
저들의 삶이란 검은 불지옥에서
고통으로 내지르는 아우성.

지옥은 무엇이고 천당은 또 무엇인가?
둘 다 현자들에겐 가치 없는 것들.
나, 구루의 은혜로 어떤 도움도 필요치 않다.

내가 보좌로 올라가서 사랑파니를 만났다.

람과 카비르가 하나 되었으니,
누구도 둘이 떨어졌다고 말할 수 없지.

❋

현자들 존중함으로 악을 내쫓는,
그것이 나의 성례전입니다.
내가 밤으로 낮으로 당신 발치에서
내 가슴의 부채로 당신을 부쳐 드립니다.

나는 당신 궁정의 개,
코를 치켜들고 멀리서 짖어 대지요.

내 모든 전생前生에서도
당신의 종이었고
지금도 어쩔 수 없이
당신의 종입니다.
당신 문간에서 당신 사랑의 낙인이
내 이마에 찍혔습니다.

그렇게 낙인찍힌 자들은 들판에서
순교자로 죽어 가고,
찍히지 않은 자들은 도망을 치지요.
섬길 줄 아는 사람늘은 성사들,
하리가 그들에게 온갖 보물을 걸어 줍니다.

작고 아담한 집 안에는
명상을 위한 아름다운 방이 있는데,
구루는 카비르에게
소중한 것을 주며 말했지요.
"이것을 받아서 잘 간직하여라."

카비르가 그것을 세상에 내어 준다.
누구든지 가질 수 있는 사람은 가져라.
성스러운 신주神酒를 마시는
그 여인이 영원한 결혼을 소유하리라.

❋

오, 브라아민, 어찌하여
베다와 가야트리를 맨 먼저 말씀하신
그분을 잊었는가?
그대, 석학碩學이여,
어째서 발로 온 세계를 밟고 계신 분,
하리를 말하지 않는가?

어찌하여 하리를 입에 모시지 않는가?
오, 브라아민,
그대가 람을 말하지 않아서,
그래서 지옥 고통을 겪는 것이다.

그대는 스스로 상층계급이라 하지만
하층계급의 비용 부담으로 먹고 살아간다.
고집불통 행실로 그대 배를 채운다.

날마다 보름이면 구걸할 구실 찾아
이야기들을 꾸며내고,
손에 등을 들고 다니지만 여전히 우물에 빠진다.

그대는 브라아민,
나는 베나레스의 직조공,
우리가 어떻게 같을 수 있겠는가?
오, 석학碩學이여,
나는 람의 이름 부르며 올라가는데
그대는 베다를 움켜잡고서 가라앉는구나.

매월 열사흘 날과 보름날에 브라아민들은 행운을 위해 다양한 예식을
행한다.

❀

한 그루 나무,
헤아릴 수 없이 많은 가지들,
잎사귀마다 감로甘露가 흘러넘친다.
오, 내 형제여,
여기는 선식仙食의 정원,

온전하신 분, 하리가 몸소 가꾸는.

몇 안 되는,
참으로 얼마 안 되는,
거룩한 이들만이
라자 람의 이야기를 안다.
오, 내 형제여,
그들의 가슴에서
그분의 빛이 번득인다.

감로甘露에 취한 땅벌이
활짝 핀 꽃 속에서 저를 잃더니,
날개로 허공을 부채질하며
하늘 위로 날아오른다.

땅의 물들을 빨아 먹으며,
말랑한 침묵에서 예쁜 싹이 돋는다.

카비르는 말한다,
"이 싹을 본 사람들, 그들을 나는 섬기노라."

———

나무는 세상. 가지와 잎들은 살아 있는 것들의 여러 모습들. 땅벌은 하
나님에 취한 영혼. 예쁜 싹은 세속 욕망의 물을 빨아 먹는 위안慰安.

❋

평화로 귀걸이를 삼고
자비로 바랑을 삼고
명상으로 동냥그릇을 삼으시게.
오, 그대 요기여,
나는 내 몸을 위해서
거지 담요를 스스로 짰네.
그분의 이름이 내 지팡이일세.

그대로 하여금 예배하고 참회케 하는
그런 요가를 수련하시게.
오, 그대 요기여,
그러면서 구루의 안내를 받아
그대 인생을 즐기는 거라.

지혜로 재災를 삼아 그대 몸에 바르고,
하나님에 대한 그대 의식意識을
작은 나팔에 섞어 넣고,
모든 것을 버리고,
가슴 속 현금玄琴을 타면서
다섯 가지 덕德으로 가슴을 채우는,
그런 명상을 영원히 계속하시게.

카비르는 말한다,

"들으시오, 현자들이여.
의義와 자비로 당신 정원을 삼으시오."

———

요기들은 세상을 버린다는 뜻으로 몸에 재를 바른다.

✤

무슨 목적으로 우리가 세상에 태어났는가?
우리가 태어나서 뭐가 좋은가?
한 번도 그분을,
우리 욕망을 채워주고
세상 바다를 건너게 하시는
그분을 우리는 한 번도 생각하지 않았다.

오, 고빈드,
우리가 몰인정해서
우리에게 몸과 영혼을 주신
프라부를 사랑하지도 숭배하지도 않았습니다.

우리가 남의 재물과 여자에 대한
욕심을 버리지 않고
끊임없이 다투며
잡담이나 일삼다가
나고 죽기를 되풀이하는데,
이 드잡이엔 도무지 끝이 없구나.

하리의 성자들이 모여 이야기하는 그곳에
우리는 한 시간도 있지 않았고, 아까운 시간을
도둑, 술주정꾼, 매춘부, 뚜쟁이들과 어울려 지냈다.

탐욕, 분노, 교만, 욕정이 우리의 으뜸 보물.
자비와 정의, 구루 섬기는 일은 꿈도 꾸지 않았다.

카비르는 말한다,
"오, 딘다얄, 키르팔, 다모다르,
이 불쌍한 종을 지켜 주소서.
오, 하리,
내가 당신을 섬기오리다."

❋

명상이 우리를 구원의 문으로 이끈다.
왜 세상으로 돌아가는가?
하늘로 가라.
두려움 모르는 한님 계신 곳,
음악이 있고
줄 없는 현금玄琴이 울리는
그곳에서 네가 나팔을 불게 되리라.

네 가슴 속의 그분을 명상하라.
명상 없는 곳에 구원 없다.

얽매이지 않는 명상이 구원을 가져온다.
네 무거운 짐이 벗겨진다.
네 가슴 속의 그분을 환영하라.
네가 다시 또 다시 태어나지 아니하리라.

더없이 복된 명상이 네 안에
기름이 필요 없는 등燈을 밝히면,
그것이 너를 영생불멸케 하고
네 안의 독毒과 탐욕과 분노를 몰아내리라.

너에게 구원을 주는 이 명상을
꿰어서 목에 걸고
절대 그것을 벗지 마라.
항상 명상하라.
구루의 은혜가 너를 건네주리라.

명상이 너를 자유롭게 만들어
남을 의존치 않게 하리라.
네가 안방에서 비단이불 덮고 잠들 것이다.
네 가슴이 평화롭고
네 인생이 꽃을 피울 것이다.
이 명상을 깊은 호흡으로 들이마시라.

명상이 네 허물을 지워 주고
너를 마야의 속임수에서 풀려나게 하리라.

명상하라, 명상하라.
그리고 노래하라, "하리, 하리."
네가 이 명상을 참 구루한테서 물려받으리라.

밤으로 낮으로 항상 명상하라.
자리에서 일어날 때,
자리에 누울 때,
숨을 들이쉴 때,
숨을 내쉴 때,
언제나 명상하라.
명상이 모두를 하나로 되게 한다.

명상이 네 짐들을 옮겨 주리라.
람의 이름에 대한 명상이 네 후견자로 되리라.

카비르는 말한다,
"그분은 한없는 분,
그분 앞에선 주문呪文도 찬송도 소용이 없네."

❀

묶는 자가 묶였다.
구루가 불을 껐다.
발꿈치에서 정수리까지
나 자신을 조심스레 살펴보았다.

나는 깨끗이 씻긴 몸이다.

파반파티에 녹아드는 것이
위없는 상태다.
죽음도, 태어남도, 늙음도 없다.

더 이상 나는 마야에 기대지 않는다.
내 거처는 하늘에 있다.
내가 뱀의 원圓에 들어갔다.
의심할 나위 없이 나는 라자를 만났다.

세상에 대한 동경憧憬은 사라졌고
달이 해를 삼켰다.
내 모든 호흡을 옹근 하나로 묶었을 때
뜯는 이 없는 수금竪琴의 연주를 나는 들었다.

스승은 입으로 말씀하셨고,
그것을 나는 가슴으로 받아들였다.

"창조주, 창조주"를 말함으로써
너는 넘어가리라.
카비르가 비밀을 밝힌다.

———
묶는 자; 마야.

뱀의 원圓; 열 번째 문(두뇌)으로 들어가게 하는 쿤달리니 기맥氣脈.

해를 삼키는 달; 은유隱喩, 뜨거운 욕망을 극복하는 (달빛처럼 서늘한) 인내.

❈

달과 해,
둘 다 빛의 몸이다.
그 빛 속에
아무도 나란할 수 없는
브라마가 계신다.

오, 지혜로운 사람아,
부디 브라마를 숙고하여라.
창조된 모든 것이
그 빛 속에 담겨 있다.

찬란한 저 다이아몬드를 보아라.
나, 그 앞에 절한다.

카비르는 말한다,
"니란잔은 말로 설명되지 않는 분."

❈

어이, 세상아,
깨어서 경계하여라.

오, 내 불쌍한 형제,
자네 지금 멀쩡하게 뜬 눈으로
강탈당하고 있구먼.
그렇게 두 파수꾼 베다와 샤스트라를
열심히 들여다보는 사이에
염라는 엉뚱한 데로 자네를 데려간다네.

먹구슬나무는 망고나무로,
망고나무는 먹구슬나무로,
바나나나무는 가시덤불로,
야자열매는 비단나무에 달린 꼬투리로 되는 거라.
생각 좀 하시게,
이 어리석은 바보 멍청아.

하리는 모래밭에 뿌려진 소금.
코끼리들은 그걸 주워 먹을 수 없지.

카비르는 말한다,
"가정, 계급, 조상들을 포기하고 개미가 되어라.
모래밭에서 설탕을 모으고 그것을 먹는 개미가 되어라."

❋

이보게, 석학碩學.
자네 누구의 충고를 따르고 있는 건가?

오, 불행하고 어리석은 사람아,
자네가 람을 예배하지 않아서, 그래서
자네와 자네 집안이 물에 빠져 죽어가고 있는데,
베다를 읽고 푸라나를 읽는 것이
그게 다 무슨 소용인가?
자네, 나귀처럼 무거운 짐만 잔뜩 지고서
람의 이름은 배우려고도 하지 않으니,
그러면서 어떻게 저 물을 건너갈 생각인가?

자네 스스로 종교인임을 자처하는데,
오, 내 형제여, 말해 보시게,
도대체 자네가 말하는 비종교인이란 무엇인가?
자네는 자네를 성자라고 부르지.
그럼 자네가 상놈이라고 부르는 그는 누구인가?

오, 가슴의 눈이 먼 사람아,
자네는 자네가 누군지도 모르면서
그러면서 어떻게 누구를 가르치겠다는 건가?

오, 내 형제여,
자네는 돈 때문에 지식을 팔지—
그러면서 자네 인생을 탕진하고 있구먼.

나라다도 같은 말을 하고 있고,
브야사의 말도 비슷하지.

가서 수크데바에게 물어 보시게.

카비르는 말한다,
"람을 명상하면 풀려나리라.
오, 내 형제여,
그러지 않으면 물에 빠져 죽는다."

❊

숲에 살면 그분을 만날 수 있겠느냐?
네 가슴에서 악을 치워라.
자기 집을 숲으로 삼은 사람들,
그들이 세속에서 완전함을 얻을 것이다.

오직 람,
그분만이 참 평화를 주신다.
네 가슴으로 람을 정성껏 받들어 모셔라.

너의 긴 머리를 재災로 부옇게 만들고
동굴에 들어가 거기서 사는 까닭이 무엇이냐?
가슴을 정복하면 세계를 정복한 것.
그렇게 하여 마야에서 자유로워지는 것이다.

많은 사람이 자기 눈에 안티몬을 바르는데
그것을 바르는 이유가 서로 다르다.

신성한 지혜의 안티몬을 바른 눈이 진실을 본다.

카비르는 말한다,
"구루의 지혜가 나를 깨우쳐 주었다.
내 가슴 속에서 하리를 보았다.
이제 알았으니 더 헤매고 다닐 까닭이 없다."

——

안티몬antimony; 눈을 화장하는 데 쓰인다. 안질을 예방하는 데 효과가
있다고 알려졌다.

❋

내가 재물과 지식을 얻었노라고,
너는 말한다.
그러면서 왜 여전히 남들을 의존하는가?
말하기도 창피하다,
어떻게 그런 주장을 편단 말인가?

람을 찾은 사람들,
그들은 이집 저집 구걸 다니지 않는다.

거짓 세상은 제 재물을 써 보겠다며
그것도 겨우 며칠 동안 이리저리 배회하지만,
람의 물을 마신 사람들,
그들은 두 번 다시 목마름을 모른다.

구루의 은혜로 그 길을 발견한 사람들,
그들은 희망과 절망을 넘어선다.
세속의 것들로부터 등을 돌린 사람들,
그들은 모든 곳에서 진실을 본다.
람의 이름에서 감로甘露를 맛본 사람들,
그들이 하리의 이름으로 건너간다.

카비르는 말한다,
"바야흐로 그들은 순금이 되었다.
이 바다 먼 끝자락에서 유랑은 끝이 났다."

❉

빗방울이 바다에 스며들어 하나 되듯이,
잔물결이 개울에 섞여 들어 하나 되듯이,
나의 침묵이 무한하신 그분에 흡수되었다.
아무도 우리를 떨어졌다고 말할 수 없다.
바야흐로 나는 허공이 되었다.

왜 내가 돌아가야 하는가?
우리가 오고 가는 건 그분의 법이다.
그 법의 임자를 내가 찾았다.
내가 그분께 녹아들었다.

다섯 요소로 이루어진

이 피조물이 끝에 이르렀을 때
그때 나의 모든 의심도 끝날 것이다.

나는 온갖 다름을 버렸다.
내 눈엔 모두가 같은 것이다.
그분의 이름을 끊임없이 명상한다.

여기서 내가 할 수 있는 그 일만 나는 한다.
그리하여 비로소 선한 행실이 나한테서 이루어진다.

하리는 자비로우신 분,
내가 구루의 은혜로 그분과 하나 되리라.

만일 네가 살아서 죽는다면
네가 죽을 때 너는 살 것이다.
두 번 다시 환생하지 않을 것이다.

카비르는 말한다,
"그분 이름에 흠뻑 젖은 사람들,
그들의 사랑이 무한 침묵에 흡수되리라."

❀

나에게 떠나라고 말하시려면
먼저 그 구원의 길을 보여 주십시오.

여럿 안에 계시는 한님,
당신은 만유 안에 계십니다.
어찌하여 나를 의심케 하시옵니까?

오, 람이여,
당신이 나를 옮겨 주십니다.
하지만 어디로 데려가시는 건지요?
묻습니다,
언제 나를 구해주시렵니까?
어떤 구원을 내게 주시려는 겁니까?
당신 은혜로 내가
이미 그것을 얻지 않았나요?

우리는 말한다,
"건너간다, 옮겨진다!"
그러면서 아직 진실을 모른다.

카비르는 말한다,
"내 영혼이 환희歡喜한다!"

❁

황금으로 만들어진 요새와 성채들—
이 모든 걸 라바나는 등지고 떠나야 한다.

왜 쾌락을 좇아서 움직이는가?
염라가 와서 네 머리칼을 휘어잡는데.
오직 하리의 이름이 너를 자유롭게 하리라.

주인님이 죽지 않는 죽음과,
이 거짓 세계의 올가미를 제정하셨다.

카비르는 말한다,
"만유의 핵核, 람을 모신 사람들,
그들만이 자기 가슴 속에서 구원 받으리라."

❀

몸은 한 마을,
영혼은 그 지주地主.
그곳에 눈, 코, 귀, 혀, 생식기—
다섯 농부가 산다.
그들은 자기가 들은 것을 결코 믿지 않는다.

오, 나의 아버지,
이 마을에 더 살 수 없게 되었어요.
회계사 치트라굽타가
순간마다 정산精算을 요구합니다.

드하름라자가 정산을 요구하면

나는 후하게 지불하리라.
다섯 농부 모두 달아나 버리고,
지주의 마름은 영혼을 수갑 채운다.

카비르는 말한다,
"들으시오, 현자들이여.
일을 밭에서 마무리지읍시다.
이번에 당신의 종을 용서해 주십시오.
겁나는 이 세상 바다로 돌아오지 않도록."

❖

아무도 그분을 보지 못했다.
오, 바이라기,
그대가 두려움에서 자유로워질 때,
그대, 그분을 볼 수 있다.
아무렴, 그렇고 말고.

만유 안에 계시는 그분을 알아볼 때,
오, 바이라기,
그대, 두려움에서 해방된다.
아무렴, 그렇고 말고.

겉으로 보여주는 쇼에 하리를 이용하지 마라.
오, 바이라기,

세상이 온통 그 짓으로 바쁘더라도.
아무렴, 그렇고 말고.

목마름은 결코 그대를 떠나지 않고,
오, 바이라기,
불안은 그대 몸을 불태운다.
아무렴, 그렇고 말고.

그대가 근심걱정을 불태울 때,
그대, 몸을 불태운다.
오, 바이라기,
그렇게 그대 마음을 죽여라.
아무렴, 그렇고 말고.

참 구루 없이는 그대, 바이라기일 수 없다,
사람들마다 뭐가 되려고 하지만.
오, 바이라기,
아무렴, 그렇고 말고.

그분이 친절하시면 참 구루를 만나겠고,
오, 바이라기,
그러면 그대, 더없이 복된 사람이겠지.
아무렴, 그렇고 말고.

카비르는 말한다,

"오직 하나를 기도하여라.
저 고해苦海 바다를 건너게 해 달라고.
아무렴, 그렇고 말고."

꽃

오, 왕이여, 누가 당신한테 가려고 하겠는가?
나는 비두라의 사랑을 많이 받았고,
그 가난한 이를 내 가슴이 즐거워하였소.

당신은 많은 코끼리를 움켜잡고서,
당신 자신을 잊었소.
주인님 크리슈나를 당신은 모르오.
당신한테는 우유가 있지—
그러나 내게는 비두라의 맹물이
신주神酒처럼 향기롭소.

그의 데친 채소들은
당신의 온갖 향료로 끓인 죽에 맞먹고
우리는 찬미 노래를 부르며
함께 밤을 지새웠소.

카비르의 주인님,
기쁨으로 충만한 복되신 분,
그분은 인간의 계급 따위 관심 밖이오.

✻

네가 네 종교를 잊었구나,
오, 어리석은 사람아.
네가 네 종교를 잊어버렸어.
게걸스레 배를 채우고
짐승처럼 잠들다니,
네가 괜스레 사람으로 태어났구나.

너는 현자들과 말을 나누지 않았고
너와 세상을 두루 속였다.
개처럼, 돼지처럼, 까마귀처럼,
이리저리 헤매면서 떠돌아다니리라.

네 말과 생각과 행동 때문에
너 자신이 높고 힘 있는 줄 알지만,
그래서 남들을 업신여기지만,
너 같은 자들이 지옥에 가는 걸 나는 보았다.

분노하고
색을 밝히고
거짓말하고
생명을 도살하고
게으른 자들,
모두 남을 헐뜯어 말하는데ㅡ

그들은 결코 람을 기억하지 않는다.

카비르는 말한다,
"어리석은 바보 건달아,
람의 이름을 모르고 어떻게 물을 건널 참이냐?"

❋

람을 기억하여라.
오, 내 영혼아,
아니면 후회할 것이다.
오, 나의 죄로 물든 가슴아,
네가 욕심이 참 많구나.
모르느냐?
오늘 아니면 내일 네가
세상을 떠나야 한다는 것을.

욕심을 채워 보려고
네 인생 허비하고 있다만,
마야가 너를 바보로 만드는 것이다.
너 자신과 네 젊음과 네 재물을 뽐내지 마라.
낡은 종이처럼 부스러질 것들이다.

염라가 와서 머리채를 휘어잡아
바닥에 동댕이칠 때

아무도 너를 도울 수 없다.
너는 자비를 베풀지 아니하였고
명상도 예배도 하지 않았다.
바야흐로 네 얼굴이 망가질 것이다.

드하름라자가 정산精算을 요구할 때
너는 무엇을 내놓을 참이냐?

카비르는 말한다,
"들으시오, 현자들이여,
그대들이 성자들과 함께 헤엄쳐 건널 것이오."

❋

아첨과 흉보기, 둘 다 악이다.
오만하게 건방떨지 마라.
쇠와 금을 달리 보지 않는 사람들,
그들이 곧 바그완의 형상이다.

탐욕, 분노 그리고 속세 사랑을 버려라.
그래야 하리 발치에 앉을 수 있다.

우리가 참 덕목으로 여기는 것들,
모두 마야의 것들이다.
네 번째 덕목을 품은 사람들,

그들만이 위없는 자리를 차지할 것이다.

그들은 더 이상
순례도,
금식도,
정결 의식도,
고행도 필요치 않다.
그들이 람을 생각할 때
욕망도 마야도 의혹도 사라진다.

등불을 밝히면
집안 어둠이 물러가고
의혹은 사라진다.
오직 그때에만, 너는
두려움 없이 살 수 있다.
그분의 종, 나 카비르가 말한다.

———

참 덕목으로 여기는 것들: 세 '구나'들. '사트바'(좋음 또는 밝음), '라자스'(열정, 행동), '타마스'(어둠).

네 번째 덕목; 구원, 네 번째 단계.

❋

누구는 구리나 아연을 팔고,
누구는 정향나무나 빈랑나무를 팔고,

누구는 고빈드의 이름을 판다.
그것들 모두가 나의 기호품들이다.

오, 하리의 이름을 거래하는 이들.
당신들 손에 값진 다이아몬드가 있으니,
속세의 모든 것을 놓아 버려라.

진실을 받아 그것을 붙잡은 사람들,
진실 안에 있는 장사꾼들,
그들은 기호품을 쟁여 놓고서
그것들을 가게 주인에게 넘긴다.

그분이 루비요 보석이다.
그분이 그것들을 거래하는 주인이다.
그분이 당신 장사꾼들을 사방으로 보내는,
그분이 영원한 도매상이다.

네 가슴을 황소로 만들고,
네 마음을 길로 만들고,
네 자루를 거룩한 지혜로 채워라.

카비르는 말한다,
"들으시오, 현자들이여,
내 기호품들이 행선지에 도착하였소."

이보게, 술집 작부,
이보게, 밤거리 여인,
이보게, 어리석은 사람들,
나는 내 가슴을 똑바로 펴겠다.
메루 산은 나의 용광로,
거기에서 흘러내리는 신주神酒에
내 영혼이 흠뻑 취하였다.

오, 내 형제여, "람"을 외쳐라.
오, 현자들이여, 마셔라.
희귀한 이 술이
마른 목을 적셔줄 것이다.

두려움 안에 사랑이 있다.
오, 내 형제여,
이를 이해하는 몇 사람이
하리의 진수眞髓를 맛보리라.
모든 사람 몸 안에 신주神酒가 흐른다.
그분이 사랑하시는 사람들,
그들만이 그것을 마실 수 있다.

한 도성에 아홉 개 문,
가슴을 통제하여라.

근심걱정 모두 사라지고
열 번째 문이 열린다.
오, 내 형제여,
내 영혼이 취하였다.
나, 아무것도 겁나지 않고
괴로움은 끝이 났다.
오, 내 형제여,
내 영혼이 취하였다.

카비르는 말한다,
"내가 높은 산에 기어올라,
발효된 포도즙 같은 술을 손에 넣었다."

❁

탐욕, 분노, 증오에 빠져들어라.
결코 그분의 실체를 이해 못할 것이다.
눈알이 빠져서 아무것도 못 보고,
물 없이 물에 빠질 것이다.

어쩌자고 그렇게 거들먹거리며,
거리를 활보하는 거냐?
악취나 풍기는 살과 뼈뿐인 주제에.

너는 람을 기억하지 않는다.

어째서 계속하여 자신을 속이느냐?
죽음이 멀지 않다.
조심조심 몸뚱이를 간수한다만,
그래 봤자 잠시 잠깐이다.

무슨 짓을 해도 허사일 것이다.
진실로, 죽지 않을 수 없는
그 몸 가지고 무엇을 할 수 있겠느냐?

만일 너 하는 일이
그분을 기쁘시게 한다면
너는 참 구루를 만날 것이다.
그분의 이름을 부르게 될 것이다.

작은 모래성에서
육신의 아이들이 살고 있다.

카비르는 말한다,
"람을 잊었다면, 아무리 똑똑해도
물에 빠져 죽을 것이다."

❀

비딱하게 눌러 쓴 터번,
우아한 걸음걸이로,

너는 빈랑나무 잎을 씹으며 말한다.
"사랑? 헌신? 나, 궁정에서 할 일이 있다."

오만에 빠진 너, 람을 잊었구나.
황금과 아리따운 여인이
네 눈에는 진실이다.

탐욕, 거짓, 악, 오만—
이것들 속에서 너는 아까운 생을 낭비한다.

카비르는 말한다,
"마지막엔 죽음이 저 바보를 잡아채리라."

❋

잠시 네 북을 치다가 떠나야 한다.
비록 많은 재물을 모으고,
그것을 다발로 묶어 땅속에 묻어 두어도,
어느 하나 너와 함께 가지 못한다.

아내는 문턱에 앉아 울고,
어미는 문밖까지 따라 나오고,
친구와 친척들은 장지葬地까지 가겠지만,
백조는 혼자서 날아야 한다.

아들, 재물, 마을, 도성,
이것들을 네가 두 번 다시 못 보리라.

카비르는 말한다,
"왜 람을 생각하지 않는가?
아까운 일생을 헛되이 보내면서."

❖

하리 이름이 내 재산.
너는 그것을 다발로 묶지 못한다.
그리고 그것을 팔지 못한다.

당신 이름이 내 밭.
당신 이름이 내 정원.
당신 종이 당신을 섬기며,
당신께 보호받기를 원하옵니다.

당신 이름이 내 돈.
당신 이름이 내 자본.
당신 없으면 나는 무일푼.

당신 이름이 내 가족.
당신 이름이 내 형제.
당신 이름이 내 친구.

당신은 나를 끝까지 후원하십니다.

재물이 있으면서도,
멀리 떨어져 있는 사람들.
카비르는 말한다,
"내가 그들의 친구다."

❀

벌거숭이로 왔다가 벌거숭이로 떠날 것이다.
아무도, 왕도, 군주도, 머무르지 못한다.

라자 람이 나의 보물이다,
너는 쾌락, 여자, 재물을 사랑할 뿐이구나.

하지만 그것들은 너와 함께 오지 않았다.
너와 함께 떠나지도 않을 것이다.
코끼리를 문간에 묶어둔들 무슨 소용이랴?

랑카의 성채가 황금으로 지어졌다지.
그래서 어리석은 라바나, 무엇을 가졌던가?

카비르는 말한다,
"덕德을 생각해라, 노름꾼은 빈손으로 떠난다."

❋

역겨운 브라마,
역겨운 인드라,
역겨운 해,
역겨운 달.

역겹고 더러운 이 세상,
경계 없는 하리만이 순결하시다.

역겨운 우주의 신神들,
역겨운 밤과 낮 그리고 계절.

역겨운 진주,
역겨운 다이아몬드,
역겨운 공기, 물 그리고 불.

역겨운 시바-샹카라-마헤사,
역겨운 성자들, 고행자들 그리고 은수자들.

역겨운 요기들, 샤이비테들,
그리고 길게 땋아 헝클어진 머리.
역겨운 몸과 마음.

카비르는 말한다,

"람을 알고 섬기는 종들,
그들만이 순결하여 받아들여진다."

⁂

네 가슴을 메카로,
네 몸을 카아바로 삼아라.
의식意識을 으뜸 구루로 모셔라.

이보게, 물라,
기도 시간을 알리시게.
사원 하나에 문은 열 개라.

희생 제물과 의심과 속의 쓰레기를 버려라.
인내를 하루 다섯 차례 기도로 삼아라.

힌두와 투르크의 주인님은
한 분이요 같은 분이다.
물라가 되고 셰이크가 되고,
그게 다 무엇이냐?

카비르는 말한다,
"나, 지금 제정신이 아니다.
서서히, 서서히, 내 가슴이 무한하신 분에 녹아들었다."

—
경건한 무슬림은 하루에 다섯 번 기도한다.

❋

흐름이 갠지스 안으로 사라진다.
갠지스로 되어 끝을 본다.

나무가 박달나무 안으로 사라진다.
박달나무로 되어 끝을 본다.

구리가 시금석試金石에 닿아 사라진다.
금으로 되어 끝을 본다.

카비르가 성자들 모임 안으로 사라진다.
람으로 되어 끝을 본다.

람을 소리쳐 불렀을 때 카비르는 사라졌다.
나는 진실이 되었고,
유랑을 계속할 이유가 없어졌다.

❋

이마엔 틸락,
손에는 염주,

몸에는 법복,
사람들은 람이 인형인 줄 아는가?

오, 람이여,
내가 만일 미쳤으면,
그러면 나는 당신 것입니다.
저들이 어찌 내 비밀을 알겠습니까?

나는 꽃잎을 따지도 않고
신神들을 예배하지도 않는다.
람에게 몸을 바치지 않고서
무엇을 섬긴들 그게 다 무엇이랴.

나는 참 구루를 예배한다.
오직 그분을 기쁘시게 해드릴 뿐.
그러기 위해 그분 법정에서 위안을 찾는다.

사람들은 말한다, 카비르가 미쳤다고.
오직 람, 그분만이 아신다,
카비르의 비밀을.

❁

등지고 돌아섰을 때,
나는 가족과 계급 둘 다 잊었고,

나의 베틀은 가없는 침묵에 잠겨 들었다.
나는 할 말을 잃었고,
석학碩學들과 물라들에 두 손 들었다.

나는 천을 짠다.
그리고 내가 짠 천을 몸에 걸친다.
나는 노래한다,
내가 있지 않은 그곳을.

석학碩學들과 물라들이 나에게 준
기록된 조언들은 모두 버렸다.
어느 것 하나 몸에 지니지 않았다.

사랑이 네 가슴에 있으면
주님을 모신 것이다.
오, 카비르야,
그분을 찾은 사람들,
그들은 먼저 자기를 찾았고
그렇게 해서 그분을 찾은 것이다.

✳

아무도 가난뱅이를 존중하지 않는다.
그가 별짓을 다해도 눈여겨보는 사람이 없다.

가난뱅이가 부자한테 가면,
부자는 그를 거들떠보지도 않는다.

부자가 가난뱅이한테 가면,
떠받들리고 "어르신" 소리를 듣는다.

부자와 가난뱅이, 둘은 형제간이다.
프라부의 피조물은 누구도 지워지지 않는다.

카비르는 말한다,
"가슴에 그분 이름이 없는 그가 가난뱅이다."

❋

구루를 섬기고 그에게 골몰하라.
인간으로 태어난 것을 잘 활용하라.
신神들도 사람 몸을 동경한다.
그 몸으로 하리를 섬겨라.

고빈드를 찬미하라.
그분을 망각하지 마라.
인간으로 태어난 특전特典이다.

늙은 나이가 너를 얼룩지우기 전에,
죽음이 네 몸을 움켜잡기 전에,

네 혀가 더듬거리기 전에,
오, 내 영혼아,
사랑파니를 찬미하라.

오, 내 형제여, 더 늦기 전에 그분을 예배하자.
원해도 할 수 없게 되는 죽음이 다가온다.
무엇이든지 하려면 지금이다.
아니면 끝내 건너지 못하고 후회하리라.

그분이 당신 종들에게,
당신 섬기는 법을 가르치신다.
그래서 그들이 니란잔 데바를 찾는 것이다.
구루를 만나라.
문들이 열리리라.
두 번 다시 자궁에 들지 아니하리라.

지금이 기회다.
네가 돌아설 바로 그때다.
네 가슴을 들여다보며 깊이 명상하라.

카비르는 말한다,
"네가 듣든지 말든지 나는 소리쳤다.
여러 번 소리쳐 너를 불렀다."

✣

참된 지혜가 시바의 도성에 있다.
거기 모여서 명상하여라.
이번 생生과 다음 생이 이해되리라.
거기서는 아무도 스스로 교만하여 죽지 않는다.

나 지금 그곳의 내 거처를 생각하는 중이다.
라자 람이 나의 신학이다.

근원의 뿌리 곁에 내 거처가 있다.
나는 해 위에 달을 걸어 두었다.
서쪽 문에 햇살이 눈부시고,
메루-홀笏을 잡은 이가 내 위에 있다.

서쪽 문에 문지방이 있는데,
문지방 위에 창이 있고,
그 창 위에 열 번째 문이 있다.

카비르는 말한다,
"한限이 없구나, 경계가 없구나."

———

시바의 도성; 두뇌, 열 번째 문. 여기에서 사랑하는 이를 지각知覺하고
이해한다. 이것이 구원이다. 일단 이 경지에 들면 자기-교만은 저절로
사라진다. 이 단계에서 달의 서늘한 빛(인내)이 뜨거운 해의 불길(탐욕)

229

을 꺼 준다. 이제 해는 동쪽과 서쪽에서 솟아오르고 어둠을 위한 방은 없다. 모든 것이 빛(깨달음)에 잠겨졌다. 해가 지는 서쪽 문은 어둠과 무지가 있는 곳. 문지방은 깨달음이 기다리는 열 번째 문(창)으로 올라가게 한다.

❈

참 물라는 가슴으로 싸운다.
자기 구루가 한 것처럼, 죽음하고 싸운다.
그렇게 염라의 오만을 꺾어 버린다.
그런 물라에게 나의 경례를!

존경스러운 당신,
그분이 멀다고 당신은 말한다.
어찌하여 당신의 욕정을 잠재우고서,
아름다운 한님을 찾지 않는가?

참 콰지는 자기 가슴을 탐색하고
브라마의 불로 몸을 밝힌다.
그리고 꿈에서도 절규하지 않는다.
그런 콰지는 늙어서 죽지 않을 것이다.

참 술탄은 두 개의 화살을 당겨
돌출하는 것에 적중시키고,
둥근 하늘에 자기 군대를 모은다.

그런 술탄이 장엄한 보개寶蓋를 쓰게 되리라.

어느 힌두는 라마를 부르고
어느 무슬림은 한 분 쿠다를 부른다.
카비르의 스와미는 모든 것에 스며 계신다.

___

여기 나오는 '라마'는 카비르가 부르는 '람'이 아니라, 서사시 라마야나
의 주인공 '라마 찬드라'(비슈누의 화신)이다.

❊

돌멩이들을 신神이라고 부르는 자들,
괜한 정성을 바치는 것이다.
돌멩이들 앞에서 제 몸을 파는 자들,
헛수고를 하는 것이다.

나의 타쿠르는 살아 계시다.
프라부는 모든 이에게 복을 내리신다.

눈먼 자는 제 안에 있는 데바를 보지 못한다.
착각에 사로잡혀서 올무에 걸려 있다.
돌멩이들은 말하지 않는다.
그것들을 섬겨봤자 아무 얻을 게 없다.

말해 봐라, 송장한테 향유를 발라주면,

그 송장이 고맙다고 하겠느냐?
송장을 오줌통에 굴리면,
그 송장이 욕하면서 대들겠느냐?

카비르는 말한다,
"보아라, 그리고 판단해라.
이 고집불통 어리석은 사람들아,
나는 소리쳐 말한다.
오직 람의 연인들만이 참으로 행복하다."

❋

물속 고기가 마야의 낚시에 꿰이고,
등잔불 나방들이 마야에 끌린다.
마야가 코끼리를 욕정으로 괴롭히고
뱀들과 땅벌들이 마야에 먹힌다.

마야는 너무나 매혹적이라,
오, 내 형제여,
살아 있는 모든 것을 비틀거리게 하는구나.

새들과 짐승들이 마야에 휘둘린다,
파리가 설탕에 안달하듯이.
낙타와 말들이 마야의 고삐에 매이고,
여든네 싯다들이 마야의 장난에 놀아난다.

여섯 야티들이 마야의 종들이다,
아홉 나다들과 해와 달처럼.
고행자들과 위대한 리시들이 마야를 시중들고,
다섯 천사들이 마야의 다스림을 받는다.

개들과 늑대들이 마야에 쫓기고,
원숭이, 치타, 사자, 고양이, 여우들도 마찬가지다.
나무들과 뿌리들이 마야에 복종한다.

신神들이 마야에 흠뻑 젖어 있고
바다도 하늘도 땅도 그렇다.

카비르는 말한다,
"그들의 고픈 배로 마야가 그들을 다스린다.
사두를 찾아라. 그리고 해방되어라."

———

싯다들; 엄격한 요가 수련으로 놀라운 무용武勇을 갖추게 된 존재들,
전통적으로 여든네 싯다들이 있다고 한다.
야티들; 독신獨身 고행자들.
나다들; 요가와 마술의 위대한 달인들, 아홉이 있다고 한다.
다섯 천사들; 다섯 감각들.

❀

"내 것, 내 것"을 말하는 한,

233

너는 아무것도 이루지 못할 것이다.
"내 것, 내 것"을 그만 말할 때,
프라부가 와서 모든 것을 바로잡을 것이다.

오, 내 가슴아,
깊이 숙고하여라.
어째서 고통 파괴자인
하리를 생각하지 않는 것이냐?

사자가 숲에 사는 한,
그 숲에선 싹이 돋을 수 없다.
늑대가 사자를 먹을 때,
모든 나무들이 꽃으로 피어난다.

승자는 물에 빠지고,
패자는 물에서 헤엄친다.
구루의 은혜로 그가 물을 건넌다.

그분의 종, 카비르는 말한다.
오직 람을 사랑하라고.

❀

칠천 천사들과 십만 예언자들,
팔천팔백만 셰이크와

오천육백만 군대를 그분이 보내셨다.

가련한 내 말을 누가 들을 것인가?
그분의 궁궐은 너무 멀다.
어떻게 내가 그분의 전殿을 찾을 것인가?

그분한테는 삼천삼백만 하인이 있고,
팔천사백만 뜨내기들이 유목민처럼 떠돌아다닌다.
그분이 조상 아담을 사랑하셨지만,
그 아담조차도 잠시 낙원을 즐겼을 뿐이다.

성경을 외면하고 사탄의 짓을 하는 자들,
그 가슴은 번뇌로 들끓고 얼굴은 핏기가 없다.
그들이 세상을 탓하고 서로 물어뜯지만,
저마다 제가 심은 대로 거둘 것이다.

당신은 시주施主,
나는 거지.
내가 만일 당신을 거절한다면
죄를 짓는 것이겠지요.
당신의 종 카비르가
당신의 보호를 간구합니다.

오, 라흐만,
나를 당신 곁에 가까이 두십시오.

—
이 노래의 숫자들은 별다른 뜻이 따로 있는 게 아니라, 하나님의 광대
함을 말한다.

❋

모두가 말한다, "나는 하늘로 간다."
그런데, 하늘이 어디 있는지 나는 모른다.

저들은 자기 자신의 비밀을 모른다.
저들의 하늘은 오로지 말에 있을 뿐이다.

네 가슴이 하늘을 사모하는 한,
그분 발치에 거할 수 없다.

해자垓字? 요새? 성벽?
하늘로 가는 길을 나는 모른다.

카비르는 말한다,
"내가 달리 무엇을 말하랴?
성자들 무리가 곧 하늘인 것을."
—
요새; 몸.

✻

저 견고한 요새를 어떻게 정복할까?
오, 내 형제여,
이중 성벽에 세 겹으로 해자埃字가 둘러 있는.

그 안에는 속세의 사랑, 오만, 적개심을 품은
다섯과 스물다섯이 있고,
그들을 지휘하는 것은 마야 자신이다.

나는 아무 힘도 없는 가난뱅이,
오, 라구라이,
내가 무엇을 할 수 있겠는가?

욕정은 문지기,
아픔과 위로는 보초들,
죄와 선행은 두 짝의 문,
진노震怒는 위대한 싸움패 두목,
반역하는 라자는 가슴.

쾌락은 그들의 배낭,
교만은 그들의 헬멧,
거짓은 그들의 당겨진 활,
가슴 속 욕망은 그들의 화살,
아무래도 저 요새는 난공불락이다.

하지만 사랑이 나의 솜화약,
이해가 나의 대포다.
내가 지혜의 포탄을 먹이고,
조심스레 브라마의 불을 댕기면,
그렇게 한 방으로 요새를 손에 넣는다.

진실과 인내를 곁에 두고
싸움을 시작하여
나는 문을 부수었다.
구루의 은혜로,
반역자 라자를 사로잡았다.

크리슈나의 성자들로 편성된 군대와
명상의 힘으로,
죽음의 올가미를 잘라 버렸다.
그분의 종 카비르가
요새를 점령하여 영원히 다스린다.

———

이중 성벽; 영혼과 물질의 이원론.

세 겹 해자垓字; 세 가지 성품(구나).

다섯; 감각들.

스물다섯; 인도 철학의 여섯 학파(니야야, 바이세스카, 상크야, 요가, 미맘사, 베단타) 가운데 하나인 상크야 철학의 범주들. 상크야 철학은 현자 카필라에 의하여 세워졌는데 영혼(정지된 푸루사)과 물질(움직이는 프라크르티)의 이원론을 주장한다. 스물다섯 가지 범주들이 있다.

238

❀

그들이 카비르를 사슬로 묶어,
바닥 모르게 깊은 어머니 갠지스에 던져 버렸다.

내 가슴은 가라앉지 않았고,
내 몸은 떨지 않았고,
내 영혼은 그분의 연꽃 모양 가부좌에 흡수되었다.

갠지스의 흐름이 내 사슬을 부수었고,
나, 카비르는 지금 사슴-가죽에 앉아 있다.

카비르는 말한다,
"나는 친구도 동료도 없지만,
뭍에서든 물에서든 라구낫이 나를 지켜주신다."

❀

멀리 계신 분,
가까이 할 수 없는 분,
그분이 요새를 지어 당신 거처로 삼으시고,
그곳을 당신 빛으로 밝히신다.
번쩍이는 불빛―
어린 프라부-고빈드가 놀고 있는
그곳에 더없는 복이 있다.

내 영혼이 람의 이름을 사랑하니,
늙은 나이와 죽음과 의심이 멀리 달아난다.

계급에 신경 쓰는 사람들,
그들은 자기 자신을 찬미하여 노래하지만,
주인님 프라부-고팔의 거처에서,
줄 없는 수금豎琴이 달콤한 멜로디를 연주한다.

멀리 계신 분,
알려질 수 없는 한님,
땅과 하늘과 삼계三界와 삼덕三德을 세우신
그분이 모든 가슴들 안에 사신다.
드하르니드하의 비밀은 아무도 모른다.

그분은 꽃향기 속에 당신을 드러내시고,
연잎의 맺힌 이슬에 거하시고,
주인님 카믈라칸트가 계시는 장소,
열두 꽃잎의 가슴 속에 그분의 주문呪文이 있다.

그분의 빛은 위에서 아래에서 볼 수 있고,
그 빛으로 몸소 침묵의 무한 공간을 밝히신다.
거기서는 해도 달도 보이지 않고,
원元니란잔이 당신 자신을 즐기신다.

그분은 우주와 저마다의 가슴을 아시고

만사로와르 호수에서 목욕하신다.
"내가 그다."가 그분의 주문呪文.
선행이냐 악행이냐에 따로 관심 없으시다.

그분은 계급이 없고 계급이 없지도 않다.
그분은 아픔도 위로도 모르신다.
구루의 집에 계시는 그분을 아무도 피할 수 없다.
태어남도 죽음도 그분은 모르신다.
그분은 무한 침묵이시다.

가슴으로 그분을 찾고
그분의 말을 하는 사람들,
그들이 마침내 그분으로 되리라.
빛에 대한 그분의 주문을 가슴에 둔 사람들,
카비르는 말한다. "그들은 분명 헤엄쳐 건너리라."

❀

일천만 태양들이 그분을 위해서 빛난다.
그분한테는 일천만 시바들과 카일라스 낙원들이 있다.
일천만 두르바들이 그분의 발을 주물러 드린다.
일천만 브라마들이 베다를 암송한다.

구걸할 때마다 나는 람에게 구걸한다.
다른 신神들과는 볼일이 없다.

일천만 달들이 그분의 등불이다.
그분이 삼억 삼천만 신神들을 먹이신다.
구천만 행성들이 그분 궁전에 떠 있다.
일천만 드하름라자들이 그분의 짐꾼들이다.
일천만 바람들이 그분의 여름 별장에 부채질한다.
일천만 셰스나가들이 그분 요를 깔아 드린다.
일천만 바다들이 그분의 물을 나르고
일천만 수풀이 그분의 머리털이다.
일천만 쿠베라들이 그분의 보물함을 채우고
일천만 락슈미들이 그분을 위하여 몸단장을 한다.
일천만 선행들과 일천만 악행들이 그분의 판결을 기다리고
일천만 인드라들이 그분을 섬긴다.

오천육백만 구름들이 그분의 메시지를 전하며
모든 도성 위를 배회한다.
헝클어진 머릿결 징글맞은 여신들과
일천만 칼카들이 고팔 앞에서 놀이를 한다.
일천만 세계들이 그분의 궁전 안에 있고
일천만 하늘 악사들이 그분을 찬미하여 노래한다.
일천만 지혜들이 파르브라마의 덕을 서술하지만 끝이 없다.

오천오백만 바마나들과 라바나의 군대를 꺾은 자들이
그분의 머리칼을 이룬다.
푸라나에서 두르요다나를 무릎 꿇린
일천만 용사들이 그분 것이다.

가슴을 정복한 일천만 카마들도 그분과는 같지 못하다.

카비르는 말한다,
"들으소서. 오, 사랑파니여,
나에게 두려움-없음을 주십시오.
그것이 내가 바라는 유일한 선물입니다."

—

구름은 전통적으로 메신저를 의미한다. 칼리다사의 '구름-메신저'(메가두타).
헝클어진 머릿결 징글맞은 여신들; 여신 데비의 흉한 모습.
라바나의 군대를 꺾은 자들; 서사시 라마야나의 주인공, 라마 찬드라.
푸라나에서 두르요다나를 무릎 꿇린; 그의 행적이 바가바타 푸라나(비
슈누파의 일파인 바가바타 파의 성전인 푸라나)에 기록된 크리슈나.

❋

땅이 터지고 하늘 꽃망울이 맺힌다.
가슴마다 아트마의 빛으로 꽃이 피어난다.

라자 람이 저렇게,
내가 보는 모든 곳에서
꽃을 피우신다.
그분이 거기 계신다.

스므리티와 서녘의 거룩한 책들과,
네 권 베다가 싹을 틔운다.

요가를 수련한 샹카라,
그분이 꽃을 활짝 피워 내신다.
카비르의 스와미는 없는 데가 없으시다.

❀

석학碩學들은 푸라나에 취하고,
요기들은 요가에 취하고,
은수자들은 교만에 취하고,
고행자들은 성스러운 비밀에 취한다.

모두들 교만에 취하여 제정신이 아니다,
도둑들이 전리품을 약탈하고 있는데.

수크데바와 아크루라는 제정신이었다.
원숭이-꼬리 하누만조차도 제정신이었고,
샹카라도 그분을 섬기는 동안 제정신이었다.
이 칼리유가 시대 남데브와 야이데브도 제정신이다.

많은 이들이 취하거나 아니면 제정신인데
구루의 말씀에 제정신으로 깨어 있는 것이 최선이다.
이 몸은 해야 할 일이 참으로 많다.

카비르는 말한다,
"람의 이름을 찬양하여라."

―

칼리유가: 가장 퇴화된 현 시대. 칼리유가 시대의 마지막에 비슈누가
흰말을 타고 번쩍이는 칼을 들고 나타나서 악과 악인들을 파멸하고 선
善을 보상하여 황금기를 회복할 것이다.

❊

아내가 남편에게 아이를 낳아 주니,
아이가 아비 무릎에서 경중경중 뛰는데,
젖가슴 없는 여인이 젖을 물린다.

오, 사람들아, 이 세대의 방식을 보아라.
아들이 제 어미와 결혼을 한다.

발 없는 사람이 뛰어오르고
입 없는 사람이 커다랗게 웃고
잠들지 않은 사람이 낮잠을 자고
휘젓는 통 없는데 우유를 휘젓는다.
젖통 없는 암소가 젖을 내고
길 없이 먼 길을 간다.

참 구루 없이는 발견될 수 없는 길―

카비르는 말한다,
혹시 누가 알아들을까 싶어서.

―

이 노래는 계급의 혼동, 도덕의 문란紊亂, 종교의 유기遺棄, 잔인한 왕의
통치 따위 현 시대(칼리유가)에 만연한 왜곡歪曲과 도착倒錯을 서술한다.

❋

프라흘라다는 학교에 갈 때 친구들을 많이 데리고 갔지.

"왜 이것저것 집적거리며 가르치려는 겁니까?
석판에 '주인님 고꽐'이라고 쓰십시오."

"오, 나는 람의 이름을 포기하지 않을 겁니다.
다른 건 아무것도 배우고 싶지 않아요."

산다와 마르카가 집에 가서 그에게 일러바쳤지.
프라흘라다가 아비한테 말을 들었네.
"람은 잊어라.
내 말대로 하겠다고 약속하면 봐 주마."

"왜 나를 괴롭히는 겁니까?
어떻게 물과 흙과 언덕과 산들을 지으신
프라부를 잊을 수 있겠어요?
차라리 나의 구루에게 맹세하겠습니다.
나를 죽여요, 나를 불태우시오."

아비가 벌컥 화를 내며 큰칼을 뽑아들었지.
"말해라, 네 구원자가 어디 있느냐?"

그 신神이 기겁하여
몸을 입고 기둥에서 나와
발톱으로 하르나크하사를 할퀴었네.

그분은 원元존재, 신神들의 하나님,
당신의 신봉자들을 사랑하여
나르싱하로 변장하신 분.

카비르는 말한다,
"아무도 그분의 능력을 모르지.
그분이 프라흘라다를 여러 번 살려 주셨네."

❋

이 몸과 영혼 안에 도둑이,
내 신령한 보석을 훔친 마다나가 삽니다.
오, 프라부,
나에게 다른 주인이 없거늘,
내가 누구한테 불평하겠습니까?
그가 다른 많은 사람들도 약탈하는데,
나라고 뭐 특별하겠습니까?

오, 마드호,
이 모든 아픔을 견딜 수 없습니다.
나약한 이 가슴이 무엇을 할 수 있겠습니까?

사나카, 사난다나, 시바, 수크데바, 브라마,
그리고 연꽃잎에서 태어난
모든 시인, 수도자, 헝클어진 머리의 요기들—
저마다 제 모양으로 살다가 떠납니다.

당신은 헤아릴 수 없는 분,
도무지 당신의 깊이를 모르겠습니다.
오, 프라부,
내가 당신 말고 누구한테 불평하겠습니까?
이 모든 슬픔을 거두어 주십시오.
카비르가 위로의 바다이신 당신을 노래합니다.

———

마다나; 신성한 지혜를 훔친 사랑의 신神.
코스모스의 원초적 바다에 비슈누가 잠들었을 때 그 배꼽에서 연꽃이
피어났고 연꽃에서 브라마가 태어났다. 창조 과정이 모두 끝나자 비슈
누가 깨어나 세상을 다스리기 시작했다.

✢

한 상인,
다섯 가게 주인,

스물다섯 마리 황소,
아홉 지팡이,
열 부대자루를
일흔두 줄로 묶어도
그 계약은 오래 못 간다.

나에겐 필요 없다,
내 본질을 갉아먹으며
이윤이나 챙기는 이 사업.

나의 사업은 일곱 가닥 실로
세상에서 이루어지는 나의 행실을 짜는 것.
세금 징수원 셋은 헛된 말씨름이고,
장사꾼은 빈손으로 떠난다.

재물은 날아가고
업체는 해산되고
대상隊商은 흩어졌다.

카비르는 말한다,
"오, 내 가슴아,
네가 무한 침묵 속으로 흡수될 때
너의 사업이 번창하고
네 모든 의혹이 사라지리라."

한 상인은 몸, 다섯 가게 주인은 다섯 감각, 스물다섯 황소는 상크야 철학의 범주들, 아홉 지팡이는 몸의 아홉 구멍, 열 부대자루는 요기들이 세는 열 호흡, 일흔두 줄은 몸을 기능하게 하는 일흔두 맥脈, veins. 일곱 가닥 실은 다섯 감각에 이해와 마음을 보탠 것, 또는 '바이라가'(세속 포기), '비베카'(분별), '카타 삼파타'(여섯 가지 성취) '모크샤'(구조에 대한 희망), '스라와나'(하나님에 대하여 들음), '마나나'(하나님께 복종), '니디댜사나'(어긋나지 않는 명상). 또는 탐욕, 교만, 세속 사랑, 욕정, 분노, 헛된 희망, 욕망. [여섯 가지 성취; '사마'(마음 통제), '다마'(감각 통제), '우프라티'(미워하지도 사랑하지도 않음), '타티크샤'(고통을 견딤), '스라다'(신앙), '사마단타'(구루의 말을 들음).]

세금 징수원 셋은 세 구나들, 장사꾼은 영혼, 대상隊商은 몸.

❀

네 어미도 더럽다.
네 아비도 더럽다.
그들의 열매들도 더럽다.
더럽게 태어났고,
더럽게 살았고,
더럽게 죽었다.

말해 보시게, 석학碩學.
내가 앉아서 음식을 먹을
참으로 깨끗한 그곳이 어디인가?

혁도 더럽다.
코도 더럽다.
귀도 눈도 더럽다.
더러운 감각들을 너는 면할 수 없다.
오, 그대, 브라아민으로 태어나 불에 탄 사람아.

불도 더럽다.
물도 더럽다.
부엌도 더럽다.
그것으로 음식을 먹는 숟갈도 더럽다.
식탁에 놓인 것들 모두 더럽다.

똥도 더럽고
조리대調理臺도 더럽고
울타리도 더럽다.

카비르는 말한다,
"진실을 깨친 사람들,
오직 그들만이 깨끗하다."

─
종교적 청결과 불결에 대한 힌두의 개념 자체를 부정한다.

❊

네가 암소처럼 우아하게 걷고,

머리는 길게 땋아 번들거리는구나.

네가 지금 집에서 먹이를 찾아 먹는데,
다른 어디로 왜 가겠느냐?

네가 맷돌로 갈아 밀가루를 먹는다만,
그 맷돌 행주로 닦아서 어디에 둘 참이냐?

네가 지금 옹기단지를 눈여겨본다만,
작대기나 몽둥이가 네 등에 떨어질 것이다.

카비르는 말한다,
"네가 참 잘도 먹는구나.
조심해라,
망치나 돌멩이가 네 골통을 부술 수 있다."

———

한번은 떠돌이 개가 카비르 집에 들어와 눈에 띄는 것을 먹고 나머지를 망쳐 놓았다. 그 개를 보면서 카비르가 이 노래를 불렀다고 한다. 인생에 대한 짧은 알레고리다. 사람으로 태어나 두리번거리며 찾고 먹다가 죽는다. 언제든지 작대기나 몽둥이에 맞을 수 있고 죽음이 골통을 부술 수 있다.

❁

오, 사람아,

여덟 자루 밀,
지갑 속 얼마의 돈,
거들먹거리는 팔자걸음,
고작 그런 것들로 우쭐거리느냐?

네 이름이 널리 알려져서
수백 고을에 통하고,
수입도 제법 들어온다지만,
그래 봤자 겨우 며칠,
저 숲속의 나뭇잎들처럼,
주인 행세하다가 말 것이다.

아무도 재물을 가지고 갈 수 없다.
라바나보다 힘센 왕들도 순식간에 사라졌다.

하리의 성자들을 존중하여라.
그분의 이름을 부르면서 영원히 사는,
그들에게 고빈드가 자비를 베푸시고 그들을 만나 주신다.

어머니, 아버지, 아내, 자식들은
너와 함께 끝까지 못 간다.
카비르는 말한다,
"오, 어리석은 사람아, 하리를 기려라.
네 인생이 헛되지 아니하리라."

※

라자슈람,
그분이 누군지 나는 모른다.
나는 그분의 성자들을 모시는 몸종이다.

울며 온 자들이 웃으며 가고
웃으며 온 자들이 울며 간다.
거주지가 사막으로 되고
사막이 거주지로 된다.

산이 샘으로 들어가고
샘이 산으로 들어간다.
땅 위에 있는 것들이 하늘로 오르고
하늘에 있는 것들이 아래로 떨어진다.

거지가 왕자로 되고
왕자가 거지로 된다.
어리석은 바보가 슬기로운 석학碩學으로 되고
슬기로운 석학碩學이 어리석은 바보로 된다.

남자들이 여자들한테서 나오고
여자들이 남자들한테서 나온다.
카비르는 말한다,
"성자들이 사랑하는 그분을 위하여

나는 나를 희생물로 바친다."

❋

죽음과 환생에 대한 두려움이 가 버렸다.
그분이 나에게, 당신의 때에, 위안을 보내셨다.

불이 밝혀지고 어둠이 지워졌다.
명상이 나에게 람의 보석을 주었다.

지복至福이 다스리고 슬픔은 멀리 갔다.
가슴이 사랑의 보물로 가득 찼다.

무슨 일이 일어나든지,
그분 때문에 일어나는 것이다.
이를 깨친 사람들,
그들이 무한하신 품에 녹아든다.

카비르는 말한다,
"죄는 드디어 무릎을 꿇고,
내 가슴이 야그지반에 스며들었다."

❋

알라가 한 회당에 산다면,

나머지 땅은 뉘게 속한 것인가?
힌두들은 말하지,
그분 이름이 한 신상神像에 거한다고.
그 어느 것들한테서도 나는 진실을 보지 못했다.

알라, 람,
당신 이름으로 내가 삽니다.
오, 사인,
자비를 베푸소서.

남쪽은 하리의 거처,
알라의 등불은 서쪽에?
너희 가슴을,
너희 가슴들의 가슴을 들여다보아라.
그분의 거처가, 그분의 등불이 거기에 있다.

브라민은 한 달에 두 번 스물네 시간 금식하고
콰지는 라마단 월에 금식하는데,
나머지 열한 달은 까맣게 잊어버리고
한 달 동안만 보물을 찾는구나.

왜 베나레스로 가서 거기에 목욕을 하는가?
왜 회당에 들어가 머리를 조아리는가?
네 가슴 속의 자객刺客이 너다.
왜 카아바로 순례 길을 떠나 거기서 기도하는가?

저 남자들과 여자들, 모두 그분의 꼴들이다.
카비르는 람-알라의 젖먹이.
모든 사람이 나의 구루요 나의 피르다.

카비르는 말한다,
"들어라, 너희 남자들과 여자들아,
한 군데 피난처를 찾아라.
오, 죽을 수밖에 없는 것들아,
람의 이름을 거듭 불러라.
그때에만 헤엄쳐 건널 수 있다."

❀

태초에 알라의 빛이 있었다.
모든 사람을 그분이 지으셨다.
이 빛에서 말씀이 태어났다.
누가 선善을 악惡으로 돌리랴?

오, 죽을 수밖에 없는 나의 형제들이여,
잘못 알지 마라.
조물주가 피조물 안에 있고
피조물이 조물주 안에 있다.
모든 곳에 그분이 계신다.

같은 흙으로 옹기장이가

여러 그릇을 빚는다.
흠은 옹기장이가 아니라 옹기에 있는 것.
참되신 한님이 모든 것 안에 있고,
모든 것이 그분의 피조물이다.
그분의 명命을 알고 지키는 사람들,
그들만이 참되신 한님을 알고
그분 종으로 불릴 것이다.

말로 설명할 수 없는 알라,
그분은 사람의 말 너머에 계신다.
구루가 설탕을 나눠 주신다.

카비르는 말한다,
"내 모든 의혹이 사라졌다.
모든 것에서 나는 니란잔을 본다."

❋

베다와 서녘의 거룩한 책들이 거짓이라고 말하지 마라.
그것들을 읽지 않는 자들이 모두 거짓말쟁이다.
그대는 모든 것 안에 쿠다가 있다고 말한다.
그런데 왜 닭을 잡아 죽이는가?

오, 물라여,
그대, 그것을 쿠다의 정의라고 말하는가?

그대 가슴 속 의혹이 결코 풀리지 않을 것이다.

그대는 산 짐승을 잡아 그 몸을 죽이고
그러고는 나머지들을 축복한다.
그것의 빛이 꺼지지 않는 빛으로 녹아들어간다.
무엇으로 그대 진정 할랄을 요리하는가?

왜 자신을 깨끗이 씻는가?
양치질은 왜 하는가?
왜 머리를 회당에서 조아리는가?
가슴에 앙심을 품고서 카아바엔 왜 가는가?
그대는 성스럽지 못하다.
결코 성스러운 한님을 알 수 없다.

카비르는 말한다,
"네가 하늘을 잃었구나.
너 자신으로 지옥을 채웠구나."

❋

오, 데바,
오, 주인님,
오, 빛의 보석,
오, 본원이신 한님,
오, 모든 곳에 계신 분,

침묵이 당신의 저녁기도입니다.
성자들은 당신의 한계를 모르면서도,
그래도 당신 그늘 가까이 머물러 있습니다.

오, 푸루크-니란잔,
저의 마지막 봉헌을 받아 주십시오.

오, 내 형제들이여,
참되신 구루를 예배하여라.
브라마가 베다 위에 서서 명상하신다.
설명할 수 없는 그분이,
설명되지 않은 채로 남아 계신다.

진실을 네 기름으로,
그분 이름을 네 심지로 삼아,
네 몸을 밝혀라.
야그디쉬가 등잔에 불을 밝히셨다.
오직 슬기로운 사람만 그 비밀을 짐작한다.

온갖 종류의 악기들이
연주자 없이 연주를 한다.
모든 곳에 사랑파니가 계신다.

오, 움직임 없는 니란잔,
당신의 종 카비르가 최후의 봉헌을 올립니다.

—

온갖 종류의 악기들; 문자 그대로 읽으면 다섯 악기들. 인간의 목소리, 현악기, 짐승가죽으로 만든 타악기(드럼), 금속으로 만든 타악기(심벌즈), 바람 악기.

각설이 타령

삼계三界가 쉰두 글자에 들어 있다.
모든 것이 그 안에 있다.
세상의 글자들은 스쳐 지나가지만,
그분을 위한 글자는 그것들 안에 있지 않다.

───

산스크리트와 힌디의 데바나가리 알파벳은 모두 쉰두 글자로 되어 있다. 카비르 시대에 머리글자에 따라서 노래를 만드는 일종의 타령이 유행하였다. 아래의 노래들은 저마다 알파벳에 따라서 첫 문장이 시작되지만 우리는 그 내용을 옮길 수 있을 따름이다.

❋

말 있는 곳에 글자가 있다.
말 없는 곳에서 마음이 끝장난다.
말이야 있든 없든 그분은 거기 계신다.
누구도 그분의 실체를 말로 설명할 수 없다.

보이지 않는 것을 내가 본다면
무슨 말을 할 것인가?
말을 시작한들,
뭐라고 끝낼 것인가?

박달나무가 씨에 들어 있듯이,
그분이 삼계三界에 두루두루 계신다.

찾아질 수 없는 것을 찾는 동안
나는 비밀을 미루어 보았다.
그래서 좀 알게 되었고,
그 비밀이 내 가슴을 찢어 놓았고,
나는 소멸되지 않는 분,
알 수 없는 그분을 발견하였다.

투르크는 계율을 알고
힌두는 베다와 푸라나를 안다.
마음을 이해하려면
어떤 지식은 읽혀야 한다.

———

계율: 수피들이 가르치는 하나님께로 가는 네 가지 방법. '사리아트'(법
과 의례), '타리카트'(하나님의 길을 걸음), '무아파트'(신성한 지혜), '하키카
트'(진실 또는 하나님과의 합일).

나는 본원本源이신 니르군을 안다.
기록되거나 언표된 것을
나는 믿을 수 없다.
니르군을 아는 사람들,
그들은 결코 지워지지 않을 것이다.

한번 연꽃에 떨어진 햇살은
달빛 속에서 다시 흐려지지 않는다.
내가 그 연꽃의 본질을 꺼냈다 하더라도,
그것을 어떻게 설명하겠는가?

텅 빈 나무속으로 들어간 내 가슴,
그 텅 빈 속을 떠나서 달아나지 않을 것이다.
주인을 봄으로써 크히마카르 곁에 머문다.
지워지지 않는 것을 받아들임으로써
지워지지 않는 것으로 된다.

구루의 말씀—
한번 그 맛을 본 사람들,
다른 데로 눈을 돌리지 않는다.
흩날리지 않는 새들처럼,
잡히지 않는 것을 잡고 하늘로 날아간다.

그분이 구멍마다 계신다.
옹기단지가 깨어져도 그분은 깨어지지 않는다.
뗏목이 네 가슴에 있으니
뱃사공 등지고 급류에 뛰어들어라.

의심을 떠나보내고 사랑을 붙잡아라.
어려움을 만나거든 달아나지 마라.
이것이 모든 지혜의 으뜸이다.

피조물은 거대한 그림—
그림을 잊고 그린 이를 생각하여라.
그림이 너무나 아름다운,
이게 문제다.
그림을 잊고 그린 이를 생각하여라.

왜 츠하트라파티 아래에 살지 않느냐?
강해져라.
다른 모든 희망을 버려라.
오, 내 가슴아,
순간마다 너에게 말한다.
네가 그분을 떠나면 덫에 걸릴 것이다.

살아 있으면서 몸과 젊음을 태워 버린 사람들,
그들이 길을 찾을 것이다.
겉 욕망과 속 욕망을 재災로 만든 사람들,
그들이 지혜의 빛을 볼 것이다.

너는 올가미를 알기만 할 뿐,
그것을 벗지 않는다.
왜 남들하고 의논하는 데 시간을 낭비하느냐?
네가 아는 건 말장난뿐,
그것이 네가 얻은 모든 것이다.

그분은 가까이 계신 게 아니다.

바로 네 가슴 속에 계신다.
어째서 그분을 떠나 멀리 헤매고 다니느냐?
네가 세상 끝까지 찾아다닌 그분은,
어디 멀리 계신 분이 아니다.

왜 문들을 열고 궁전으로 들어가지 않느냐?
움직임 없는 그분을 바라보아라.
다른 어디로 갈 필요 없다.
그분을 껴안아라.
네 가슴이 사랑을 찾게 될 것이다.

그 여자, 신기루 속의 물과 같아서,
나는 조심스레 살폈고,
내 마음은 차츰 고요해졌다.
온 세상을 삼킨 그 여자의 속임수를
내가 강탈해 버렸더니,
이제 내 마음이 참으로 고요하다.

하나를 두려워할 때 너는
두려움 없는 사람으로 될 것이다.
다른 모든 두려움이 그 두려움에 흡수된다.
두려운 것을 두려워하면
온갖 두려움으로 가득 찰 것이다.
두려움 없는 사람이 되어라.
네 모든 두려움이 달아날 것이다.

—
두려움에는 두 가지가 있다. 하나는 세상에 대한 두려움이고 다른 하나는 하나님에 대한 두려움이다. 전자는 두려움을 키우고 후자는 두려움을 덜어준다.

가까이를 탐색하여라.
왜 그렇게 멀리 가느냐?
오랜 탐색에 네 가슴이 지쳤다.
메루 산에도 올라갔지만,
거기서 돌아왔을 때,
너는 집에서 그분을 보았다.

전쟁터에서 정복한 사람,
굽히거나 항복하지 않은 사람,
세상에서 가장 운이 좋다고들 하지만,
정작 행운아는 두목을 죽이고
다른 병사들을 돌려보낸 그 사람이다.

건널 수 없는 강을 너는 건널 수 없다.
그러니 몸으로 세계를 껴안아라.
삼계三界가 네 몸 안으로 녹아들 때,
네 영혼이 그분께로 녹아들고 너는 진실을 본다.

헤아려지지 않는 것은 헤아릴 수 없다.
그분은 헤아려지지 않는 분—

여기 있는 모든 것이 잠시 잠깐이다.
한 뼘 땅에 도성을 건설하고
기둥 없이 집을 세운다.

보이는 모든 것이 지나간다.
보이지 않는 그분을 가슴에 모셔라.
열 번째 문에 열쇠가 꽂힐 때,
네가 다얄을 보게 되리라.

높으신 분이 낮은 것들을 다스릴 때,
낮은 것들이 높으신 분과 한 자리에 거한다.
바닥을 떠나 높이 올라간 그들이,
높으신 분과 하나 되어 평화를 누린다.

그 여자, 욕망과 기대에 찬 눈으로
찾으면서 기다리면서 밤과 낮을 보낸다.
오랜 기다림 끝에 그분을 보면,
보는 이와 보이는 이가 하나로 될 것이다.

끝이 없는 것은 끝이 없다.
나는 위없이 환한 빛과 사랑에 빠졌다.
다섯 감각들을 정복하고
나, 이제 죄와 덕을 함께 넘어섰다.

꽃 없이 맺힌 열매.

한 조각 저며 탐식에서 벗어나라.
그 조각을 자세히 보아라.
그것이 네 몸을 벗겨줄 것이다.

열매: 신성한 지혜.

탐식: 죽음과 환생의 끝없는 순환.

신성한 지혜가 몸을 벗겨 그 안에 있는 열매(영혼)를 보여준다.

떨어지는 물방울에 떨어짐이 섞인다.
아무도 둘을 갈라놓지 못한다.
그분의 종이 되어라.
사랑 안에서 그분을 섬겨라.
방랑시인 되어 네 족쇄를 알아차려라.

비밀이 비밀에 녹아든다.
두려움은 부서지고 희망이 솟는다.
밖에 있는 그분이 안에 있다.
나, 그 비밀을 알고 부파티를 보았다.

뿌리에 닿아 네 가슴을 식혀라.
이 비밀을 통해서 네 영혼을 알아라.
네 영혼 녹여들기를 어째서 망설이느냐?
황홀해져라, 그래서 진실을 찾아라.

내 관심은 마음에 있다.

마음을 수련하면 깨달은 자가 될 수 있다.
마음한테, 오, 카비르야,
마음한테 말하여라.
"마음아, 너 같은 것 보지 못했다."

그 마음이 샤크티다.
그 마음이 시바다.
그 마음이 다섯 감각을 살게 한다.
그 마음을 정복하고 취醉해라.
그런 다음, 삼계三界에 대하여 말해라.

———

깨달은 마음이 시바와 그의 힘(샤크티)보다 크다.
'샤크티'는 보통 아내의 모습으로 나타난 신神의 능력.

깨닫고 싶거든 악한 생각들을 부수고
몸의 도성을 정복하여라.
전쟁터에 머물러 도망치지 마라.
그제야 비로소 영웅이라 불릴 것이다.

맛없이 맛보아라.
맛을 볼 수 없어야 맛볼 수 있다.
이 맛을 떠나 저 맛을 찾아라.
저 맛을 얻어라,
이 맛이 맛없어질 것이다.

시들지 않는 사랑을 네 가슴에 두어라.
그것이 위없는 진실로 너를 이끈다.
네 가슴을 사랑의 끈으로 묶고
찾아질 수 없는 분을 찾아
그 발치에 머물러라.

거듭거듭 비슈누를 기억하여라.
네가 기억하는 비슈누는
결코 너를 좌절시키지 않는다.
나는 비슈누의 아들들을 섬기고,
그들은 그분을 찬미한다.
비슈누와의 만남에서 진실이 보장된다.

모쪼록 그분을 알아라.
그분을 알면 그분처럼 된다.
이것과 저것이 한 번 섞이고 나면,
아무도 그것을 둘이라고 말할 수 없다.

조심스레 그분을 감추어라.
네 몸을 만족시키는 것은 잊어라.
네가 사랑할 때
네 몸은 만족할 것이고,
그 속에 삼계三界의 라자가 스며 있다.

그분을 찾기 시작하여

그분을 만나면
너는 돌아오지 않을 것이다.
네가 찾고 만나고 깊이 숙고하면
이 물을 헤엄쳐 건너는 데,
오랜 세월이 걸리지 않을 것이다.

남편 침상을 우아하게 꾸미는 여인이
참으로 의심을 추방한다.
그 여인은 더없이 높은 사람을 위해,
사소한 쾌락을 포기한다.
오직 그때에만 아내가 아내고
남편이 남편인 것이다.

그분은 있으시다.
하지만 너는 아직 그분을 모른다.
그분에 대한 앎이 너를 만족케 하리라.
그분은 있으시다.
이해할 수 있는 자들이 이해하는 만큼.
그때 오직 그분인 것이다.
다른 건 아무것도 아닌 것이다.

사람들이 저마다 이걸 바라고 저걸 바란다.
그래서 모든 슬픔이 있는 것이다.
하지만 네가 락슈미의 남편과 사랑에 빠진다면
슬픔은 사라지고 위안이 찾아올 것이다.

많은 것들이 소멸되었고,
헤아릴 수 없는 것들이 소멸되는 중이다,
한 번도 그분을 생각하지 않은 채로.
네 마음을 다잡아,
세계의 현실을 보아라.
네가 떨어져 나온 그것에 잠겨 들어라.

❊

쉰 두 '글자들'과 함께 사는 사람들은 많지만
아무도 하나인 '글자'를 보지 못했다.
오, 카비르, 진실을 말하는 자들이 참 석학碩學이다.
그들은 겁 없이 산다.
글자들과 함께 사는 것은 석학碩學의 일이고
진실을 생각하는 것은 현자賢者의 일이다.
사람의 지혜는 크고 작기가 그 마음에 비례한다.

카비르는 말한다,
"알 수 있는 만큼, 오직 그만큼 아는 것이다."

달 노래

보름은 열닷새,
주간은 이레.
카비르는 말한다,
"그것들 이쪽에도 둑이 없고
저쪽에도 둑이 없네."

현자들과 성자들은 비밀을 알지,
창조주 데바 홀로 없는 데가 없다는 것을.

—

시간을 끝없이 흐르는 강물로 본다. 달리 말하면, 시간의 양쪽에 한계
(둑)가 없다.

❀

달 없는 날에는 연모戀慕를 포기하라.
우리 속 가장 깊은 생각을 아시는
람을 기억하라.
살아 있을 때 구원의 문을 찾아라.
만유의 근원인 참 말씀을 알아보아라.

네가 고빈드의 연꽃 자세를 사랑할 때

성자들의 은혜로 네 가슴은 순수해진다.
낮으로 밤으로 깨어 있어 하리를 찬미하여라.

1

초승달이다, 꼴도 없고 끝도 없이
사람들 가슴에서 희롱하는
사랑을 생각하여라.
처음이 없는 그분에 녹아들면
죽음이 너를 삼키지 못할 것이다.

2

둘째 날이다, 한 몸의 두 부분을 인식하여라.
마야와 브라마가 만물에 섞여 있다.
그분은 늘지도 줄지도 않고,
계급도 모양도 없고 영원히 같으시다.

3

셋째 날이다, 세 가지 질質을 융합하여
위없이 높으신 분,
만복의 근원을 찾아라.
성자들 모임에 희망이 있고
그 안으로 밖으로 빛이 있느니.

세 가지 질質; 모든 사물에 스며들어 있는 세 가지 '구나'guna(요소, 성
품). 삿트바(좋음 또는 밝음), 라자스(열정, 능동), 타마스(어둠).

4

넷째 날이다, 탐욕과 분노에 닻을 내리지 말고
너의 들뜬 마음에 고삐를 죄어라.
그분은 물에도 계시고 뭍에도 계시느니,
그분의 현존에 융합되어 그 이름을 찬미하여라.

5

다섯째 날이다, 다섯 요소들이 곳곳에 흩어졌다.
세상이 온통 황금과 여자들 뒤를 쫓느라고 바쁘구나.
사랑의 순수한 감로甘露를 마셔라.
네가 늙지도 아니하고 죽지도 아니하리라.

6

여섯째 날이다, 여섯 천공天空이 돌고 돌지만,
사랑이 없으면 찰나에 멈춰 버린다.
의심을 버리고 참고 견뎌라.
요란한 종교 의식으로 번잡 떨지 마라.

여섯 천공spheres; 다섯 감각에 지각知覺을 보탠 것.

7

일곱째 날이다, '말씀'이 진실임을 기억하여라.
네 가슴에 람을 꿰매어,
두려움에서 자유롭고 고통을 문질러 없애고—
고요한 연못에서 위안을 얻어라.

———

고요한 연못; '수냐'sunya(비어 있음, 침묵, 空), 하나님이 거하는 최고 경지
의 의식意識.

8

여덟째 날이다, 이름 붙일 수 없는 보물이 간직된 몸에
여덟 가지 요소들이 있음을 기억하여라.
위대한 구루는 그 비밀을 밝혀낼 수 있느니.
죽음도 없고 움직임도 없는 한님께로 돌아서라.

———

몸을 구성하는 여덟 가지 요소들; 살갗, 살, 뼈, 뼈골, 기름기, 정액, 핏
줄 그리고 피.

9

아홉째 날이다, 아홉 개 문을 지키고
욕망의 분출을 제어하여라.
욕정과 세속의 사랑을 저버리고
영원히 살려주는 불멸의 열매를 먹어라.

———

아홉 개 문; 몸의 아홉 개 구멍.

10

열째 날이다, 시방十方이 지복至福이다.
의심은 가고 없다.
부싯돌도 없이, 갈라진 틈도 없이, 꺾임도 없이,
그늘도 햇빛도 없이 아름다운 고빈드, 그분이 찾아졌다.

11

열한째 날이다, 그 길을 걸어라,
환생還生의 아픔을 맛보지 아니하리라.
네 몸이 맑고 순수하리라.
멀리 있다던 그분이 가까이 계신다.

12

열둘째 날이다, 열두 태양이 떠오르고,
밤낮으로 부는 이 없는 나팔소리!
네가 삼계三界의 아버지를 보게 되리라.
여기에 기적이 있으니,
사람한테서 시바가 태어난다.

———
열두 태양; 일반적으로 깨달음을 일컫는 말.

13

열셋째 날이다, 숨어 계신 이를 노래하여라.
아래에 계시면서 위에 계신 그분은 늘 같으신 분,
높지도 낮지도 않고 존엄하지도 비천하지도 않으신 분.
람은 사방에 두루 고르게 퍼져 계신다.

14

열넷째 날이다, 그분은 아니 계신 데가 없으시다.
모든 구멍마다 무라리가 가득 차 있다.
끈기와 진실을 묵상하고
브라마의 지혜를 이야기하여라.

❋

보름달이 하늘에 충만하여 구석구석 펄럭인다.
처음과 중간과 나중,
그분은 한결같은 분이시다.
카비르는 위안의 큰 바다에 잠겨 있다.

요일 노래

날이면 날마다 하리를 찬미하여라.
너의 구루에게로 가서
그분의 비밀을 알아보아라.

1

해의 날, 경건의 배를 물에 띄운다.
네 몸인 신전神殿 속 욕망에 굴레를 씌워라.
밤낮으로 네가 향기를 풍기며,
불지 않은 피리가
네 가슴에서 부드럽게 연주하리라.

2

달의 날, 달에서 감로甘露가 방울져 듣는다.
그것을 맛보고 해독解毒하여라.
그분 문간에 머물며 그 말씀에 얽매여라.
취한 가슴으로 감로를 마셔라.

3

불의 날, 요새要塞를 짓는다.
다섯 도둑의 수법을 알아라.
라자가 불운에 빠질 수 있으니,
이 요새를 떠나서 멀리 가지 마라.

———

다섯 도둑들; 감각들.
라자; 영혼.

4

물의 날, 마야를 익사溺死시키고
세 신神들을 함께 모은다.
세 강들이 서로 만나는 그곳에서
오랜 세월의 묵은 네 죄를 씻을 수 있다.

———

세 신神들; 브라마, 비슈누, 시바. 이들 모두 하나님의 피조물이고 선과
악의 주체이다.
세 강들; 본디는 트리베니(세 흐름)를 뜻한다. 전의轉義하여, 마야의 세
구나 또는 세 핏줄(이라, 핑갈라, 수크마나)이 만나는 장소인 두 콧구멍의
합치점을 가리킨다.

5

나무의 날, 마음의 등불을 밝힌다.
네 가슴의 연꽃에 하리가 거하신다.
그 둘을 구루가 하나로 묶어
굽은 꽃잎을 곧게 만든다.

———

요가 철학은 사람 몸에 연꽃이 둘 있다고 본다. 하나는 가슴에 있는데
꽃잎이 열둘이고 다른 하나는 두뇌에 있는데 꽃잎이 열여섯 개이다.

6

쇠의 날, 선한 행실이 너를 받쳐 준다.
너는 더 높이 올라 밤낮으로 너 자신과 싸운다.
너의 다섯 감각을 제어하고,
그리하여 어떤 것도 잘못 보지 아니하리라.

7

흙의 날, 네 가슴의 작은 등불을 조심히 지켜 준다.
너는 안에서 밖으로 환해지고,
네 모든 과거가 아무것도 아닌 것으로 되리라.

*

다른 무엇으로 걱정이 태산이면서
어찌 그분 궁전에 들어갈 수 있겠느냐?
람을 찬미하며,
그분 사랑하는 법을 배워라.

카비르는 말한다,
"오직 그때에만 네 몸이 순결해지리라."

슬로카 短歌

카비르,
내 혀의 람이 나의 염주念珠다.
태초부터,
모든 신봉자에게 위안을 베풀어 온.

——

대부분의 슬로카가 카비르의 이름으로 시작한다. 개중에는 끝에 그의
이름이 서명처럼 붙는 것도 있다.

❊

카비르,
내 계급을 모두들 비웃지만,
나는 공경한다.
바로 이 계급에서 내가
시르얀하르를 예배하게 되었으므로.

❊

카비르,
왜 망설이느냐?
네 가슴이 왜 흔들리느냐?

그분이 모든 위안의 주인이시다.
람의 이름,
그 진수眞髓를 마셔라.

❉

카비르,
루비로 꾸며 놓은
황금 목걸이도
불에 탄 갈대와 같다.
그분 이름이 네 가슴에 없으면.

❉

카비르,
살아서 죽는 자 참으로 드물다.
그들은 두려움 없이 그분을 찬미한다.
내 눈길 닿는 곳마다
그분이 계신다.

❉

카비르,
나 죽는 그날에
큰 기쁨이 있을 것이다.

나는 프라부를 만날 것이고
내 벗들은 고빈드를 찬미하리니.

❈

카비르,
내가 으뜸가는 악이다.
나 말고는 모두가 선이다.
바로 이 진실을 깨친 사람들,
그들이 내 벗이다.

❈

카비르,
그 여인이 여러 변장變裝으로 나에게 왔다.
그때마다 구루가 나를 구해 주었고,
그 여인은 내게 절하고,
나를 떠나갔다.

─

여인: 교만 또는 세속 사랑. 일단 한번 거절당하면 절하고 떠나간다.

❈

카비르,
그 죽음을 모두가 기뻐할,

여인을 죽여라.
모두들 잘했다고 말할 것이다.
아무도 뭐라고 불평하지 않을 것이다.

―

여인: 마야 또는 교만.

❀

카비르,
가장 캄캄한 밤에 도둑들이 깨어난다.
바그완의 저주받은 것들이,
슬금슬금
올가미를 더듬는다.

❀

카비르,
밝은 꽃을 피워내는 숲으로
에워싸인 어린 향나무.
그냥 그 곁에 있는 것만으로도
사람들은 향내를 맡는다.

❀

카비르,

대나무는 키가 크지만,
속이 비었다.
향나무 곁에서 자랐어도,
향내가 없다.

❄

카비르,
너는 세상을 위해서
네 신앙을 버렸다.
하지만 세상은 끝내,
너와 함께 가주지 않는다.
네 도끼로 네 발등 찍은 것이다.

❄

카비르,
가는 곳마다에서,
알록달록한 경치를 보았다.
하지만 내 생각에,
람의 사랑 없는 세상은
메마른 사막일 뿐.

❋

카비르,
성자의 움막에 복이 있느니!
거짓의 도성은 불지옥.
람의 이름 없는 궁전에서는
모든 소중한 것이 타버릴 것이다.

❋

카비르,
현자들이 죽었다고 왜 우느냐?
그들은 집으로 돌아갔다.
차라리 이 가게 저 가게 기웃거리는
불쌍한 노예를 위해서 울어라.

❋

카비르,
신神을 모르는 자들,
마늘로 구운 빵과 같구나.
씹어서 목구멍 깊이 넘겼어도,
조만간 역겨운 냄새를 맡아야 한다.

❉

카비르,
마야는 우유로 채운 항아리.
숨은 휘젓는 얼음-물.
현자들은 버터를,
세상은 유장乳漿을 먹는다.

———
우유를 저어 쉽게 버터를 응고시키고 유장乳漿에서 분리시키려고 얼
음-물을 넣는다.

❉

카비르,
마야는 우유로 채운 항아리.
숨은 휘젓기.
잘 휘젓는 사람은 버터를 먹고
그렇지 못한 사람은 계속 휘젓고 있다.

❉

카비르,
마야는 도둑,
비밀히 가게를 훔치는.
카비르만은 도둑맞지 않는다,

도둑을 작은 조각들로 분쇄했기에.

❀

카비르,
네가 행복한 것은,
세상 친구들이 많아서가 아니다.
한님을 생각하는 사람들,
그들이 영원한 위안을 얻는다.

❀

카비르,
죽는 것을 세상은 겁내지만,
나는 오히려 짜릿한 기분이 든다.
죽어야만 비로소,
위없이 높은 지복至福을 맛볼 수 있으니.

❀

카비르,
너는 람의 본질에 보험을 들었다.
계약을 해지하지 마라.
시장도, 소매상도, 구매자도, 가격도 없는 것이다.

❋

카비르,
람을 주인으로 모시는 사람들,
그들을 사랑하여라.
석학碩學, 왕, 군주,
그것들이 다 무슨 소용이냐?

❋

카비르,
네가 한님을 사랑하면
모든 두려움이 사라진다.
머리를 길게 땋아 내렸느냐,
박박 밀었느냐,
그거 아무것도 아니다.

❋

카비르,
세상은 그을음으로 덮인 집,
눈먼 사람들이 그 안에 살고 있는.
멀쩡하게 드나드는 사람들이
나는 존경스럽다.

✻

카비르,
이 몸은 가야만 한다.
발을 다치지 않게 조심하자.
백만장자들도 맨발로 떠나간 길이다.

✻

카비르,
이 몸은 가야만 한다.
하지만 조심하자,
성자들을 만나
함께 하리를 찬미하는
그곳에 발걸음이 가서 닿도록.

✻

카비르,
온 세상이 죽을 것이다.
하지만 왜 죽는지 아무도 그 까닭을 모른다.
마땅히 죽어야 하는 그 방식으로
죽지 않으면,
다시 또 다시 죽어야 한다.

❀

카비르,
사람으로 태어나기란 어려운 일이다.
익어서 땅에 떨어진 열매가
나뭇가지에 올라붙을 수 없듯이,
그것을 네가 다시 얻지 못할 것이다.

❀

카비르,
당신만이 카비르다,
오직 당신의 이름만이 카비르다.
이 몸을 망각할 때,
그때에만 람의 보석은 발견된다.

———

'위대하다'는 뜻의 '카비르'라는 이름을 하나님의 별호로 써서 노래를
만들었다.

카비르,
투덜거리지 마라.
네가 원하는 걸 얻지 못할 것이다.
아무도 알라-카림이 하신 일을 지울 수 없다.

❀

카비르,
람의 시금석試金石에서 거짓은 밝혀진다.
살아 있을 때 죽는 사람들,
그들만이 람의 시험을 통과한다.

❀

카비르,
값진 옷 입고
기름진 음식 먹으면서
하리의 이름을 아직 모르는 사람들,
그들은 족쇄 차고
염라 앞으로 끌려가리라.

❀

카비르,
이 뗏목은 너무 낡았다.
셀 수 없이 많은 구멍으로 물이 샌다.
가볍게 여행하는 자들은
물 위에 떠 가지만
짐이 무거운 자들은 가라앉는다.

❋

카비르,
머리칼은 풀처럼 타고
뼈들은 나무토막처럼 탄다.
불타는 세상을 바라봐야 하는
카비르, 마음이 짠하구나.

❋

카비르,
높은 궁궐 자랑할 것 없다.
오늘 아니면 내일,
땅속에 묻히고
그 위를 풀들이 덮을 터인즉.

❋

카비르,
거만하게 굴면서
가난뱅이들 비웃지 마라.
네 배가 아직 바다에 떠 있다.
무슨 일이 생길는지 누가 아느냐?

❉

카비르,
잘생긴 몸으로 으스댈 것 없다.
오늘 아니면 내일,
허물 벗은 뱀처럼,
그 몸 뒤에 두고 떠나야 한다.

❉

카비르,
약탈해야 한다면,
약탈하여라.
지금 네가 약탈할 것은 람의 이름—
안 그러면 숨이 너를 떠날 때 후회되리라.

❉

카비르,
아무도 자기 집을 다섯 아들과 함께,
불태우지 않는구나.
그러면서도 람을 사랑하겠다고 나서는구나.

——

집은 몸. 다섯 아들은 교만, 탐욕, 분노, 욕정, 세속 사랑.

❊

카비르,
자기 아들 팔겠다는 사람 있을까?
자기 딸 팔겠다는 사람 있을까?
있으면 나 카비르가
그들의 동무 되어 하리를 장사하러 가고 싶은데.

——

아들과 딸은 인간의 감각들. 좀 더 확대하여 아들은 영혼, 딸은 몸.

❊

카비르,
기억하고 잊지 마라.
지난날의 네 모든 즐거움,
설탕 한 줌만도 못한 것임을.

❊

카비르,
한때 나는 지식은 좋은 것이고,
아는 것보다 즐기는 게 더 낫다고 생각했다.
하지만 지금은,
사람들이 뭐라고 하든,
람을 섬기는 오직 그것뿐이다.

✻

카비르,
어떻게 사람들은 뭘 알지도 못하면서
누구를 비난할 수 있는 것일까?
다른 모든 것을 포기하고,
카비르는 오로지 람을 명상한다.

✻

카비르,
낯선 이방인의 겉옷이 불길에 휩싸였다.
속옷은 재災로 되었다.
하지만 그것들을 묶었던 끈에는
불기운이 닿지도 않았다.

———

'낯선 이방인의 겉옷'은 여러 생生을 관통하여 여행하는 몸. '불길'은
겉옷을 태워 버리는 죽음. '끈'은 겉옷을 묶지만 죽음의 불길에 타지
않는 영혼. 영혼은 영원불멸.

✻

카비르,
겉옷은 불에 타고
해골은 부서져 가루가 되었다.

불쌍한 요기들이 하루 종일 앉아서
기도하던 그 자리에 먼지만 뿌옇게 덮였다.

❋

카비르,
연못 속의 물고기.
어부가 그물을 던진다.
물고기야, 연못을 떠나거라.
넓은 바다에서 안식처를 찾아라.

——
물고기는 사람. 연못은 그물로 사람을 유혹하여 잡는 마야. 넓은 바다
는 하나님의 품.

❋

카비르,
바다를 떠나지 마라,
소금물이 입맛에 좀 짜더라도.
연못을 찾아 나서는 건 안 좋은 일이다.

❋

카비르,
임자 없는 뗏목들이 떠내려간다.

그것들엔 뱃사공이 없다.
무슨 일이 일어나든,
가난과 온유를 연습하여라.

❀

카비르,
불신자不信者 자식을 둔 어미보다
신자信者의 계집이 낫다.
한 번 하리의 이름을 듣고서
그를 찬미하는 사람에게,
다른 건 모두 죄에 연결된 것들이다.

❀

카비르,
여윈 수사슴—
호수는 푸른 나무들로 에워싸였고,
사냥꾼들은 수없이 많은데,
그는 혼자다.
어떻게 살아남을 것인가?

―

여윈 수사슴은 계속되는 죽음과 환생으로 고단한 영혼. 호수는 세상.
사냥꾼들은 언제든지 영혼을 사로잡을 수 있는 악한 행실.

❋

카비르,
갠지스 강변에 집을 마련한 사람들은
성스러운 물을 마실 수 있다.
하지만 하리에게 헌신하지 않고서는
아무도 구원받지 못한다.
이렇게 말하면서, 카비르는 명상한다.

❋

카비르,
내 마음이 갠지스 강물처럼,
거룩해졌다.
하리가 내 주변을 맴돌며,
나를 부르신다,
"카비르야, 카비르야."

❋

카비르,
심황深黃은 노란색,
참피나무는 붉은색.
둘의 빛깔이 바랠 때,
네가 사랑하는 람을 만날 것이다.

─

종교예식에 쓸 물감으로 심황과 참피나무를 혼합하여 붉은 색을 내는
데, 그 과정에서 두 원료가 제 특성을 잃는다. 하나님과 인간의 합일이
이와 같다.

✽

카비르,
심황深黃이 더 이상 노랗지 않을 때,
참피나무가 더 이상 붉지 않을 때,
그때 사랑이 계급, 가문, 씨족을 지워 버린다.
나, 그 사랑에 죽을 준비가 되어 있다.

✽

카비르,
구원의 문은 좁다,
겨자씨 한 알.
그런데 내 마음은 코끼리,
어떻게 통과할까?

✽

카비르,
당신 자비로,

구원의 문 활짝 열어 줄,
참된 구루를 내가 만나기를!
그래서 쉽게 들어갈 수 있기를!

❀

카비르,
오두막도, 움집도, 토굴도, 마을도,
나에겐 없습니다.
하리,
네가 누구냐고 묻지 마십시오.
계급도 없고 이름도 없는 몸입니다.

❀

카비르,
죽고 싶다,
그래도 하리의 문간에서!
어쩌면 그분이 이렇게 말할지도 모르지.
"누가 내 문간에 누워 있나?"

❀

카비르,
내가 하지 않았다.

할 수도 없다.
하리가 하시는 일,
나는 모른다.
하지만 그래서 그렇게
카비르가 된 거다, 카비르.

✻

카비르,
잠든 누가 꿈속에서
람을 부른다면,
내 가죽을 벗겨 내어
그의 구두를 만들고 싶다.

✻

카비르,
우리는 흙으로 빚은 인형들.
고작 몇 날 머물면서,
어떻게든지 함께 있으려고 모여드는.

✻

카비르,
고생고생하면서 마침내 헤나를 빻았지.

그런데도 당신은 나에게
말 한 마디 없고,
헤나 기름을 당신 발에 바르지도 않는구려.

—

여름에 헤나 기름을 발에 바르면 시원하다. 인도 사람들은 헤나에 시
원한 성질이 있다고 믿는다.

❈

카비르,
한 번 당신이 도착하면,
아무도 당신을
거기에서 내쫓지 않는,
그 문을
내 어찌 떠날 수 있겠는가?

❈

카비르,
나, 물에 빠져 죽게 되었네.
하지만 덕德의 물결이
나를 기슭으로 몰아 주었지.
내 뗏목에 구멍 난 것을 보고
나, 물에 뛰어들었네.

✤

카비르,
죄인은 헌신을 좋아하지 않고
하리 숭배하는 것도 좋아하지 않네,
향나무 피하여 똥통으로 날아가는 파리처럼.

✤

카비르,
의사도 죽었다.
환자도 죽었다.
온 세상이 죽었다.
카비르만 죽지 않았다.
슬피 우는 조객弔客들이 없어서.

✤

카비르,
람을 예배하지 않는 사람들,
속이 텅 빈 사람들.
몸은 주전자처럼 생겼지만,
나무로 만들어져서
불 위에 올려놓을 수 없는.

❋

카비르,
내 가슴이 환희합니다.
어떻게 죽음을 겁내겠어요?
주홍빛 참피 열매가
당신 손 안에 들어 있는데.

❋

카비르,
네가 껍질 벗겨 씹으며
단 즙을 빨 때,
사탕수수는 아프고 괴롭다.
너 또한 그와 같이,
선善을 위하여
아프고 괴롭게 죽어야 한다.

❋

카비르,
네가 옹기단지에 물을 채운다만
오늘 아니면 내일,
그 단지는 깨어질 것이다.
네가 구루를 기억하지 않으면

비축된 물건들에 묻혀,
너 자신이 약탈당할 것이다.

❉

카비르,
나는 람의 개,
모티아가 내 이름,
사슬이 내 목에 걸렸으니
그분이 이끄시는 곳으로 나는 갈 뿐.

—

'모티아'(진주); 인도 사람들이 개를 부르는 대표적인 이름.

❉

카비르,
어째서 네 염주를
자랑스레 내보이는 거냐?
네 가슴이 람을 기억하지 않는다면,
그 염주가 다 무슨 소용이냐?

❉

카비르,
사랑하는 이와의 떨어짐이

뱀처럼 내 가슴을 휘감고 있구나.
주문呪文도 소용없다.
람 없이는 살 수 없는 나,
이대로 살다가는 미치고 말겠네.

❉

카비르,
시금석試金石과 향나무는
같은 성질이다.
손이 닿으면,
그냥 쇠붙이와 그냥 나무가
최선最善으로 바뀌는.

❉

카비르,
염라의 일격一擊이 참으로 대단해서,
도무지 견딜 수가 없구나.
나로 하여금,
자기 옷소매를 잡게 해 주는
사두를 만나야겠다.

—
누구의 옷소매를 잡는 것은 그의 보호를 받겠다는 몸짓.

❋

카비르,
의원이 말한다.
자기가 최고라고,
의약에 대하여 알아야 것을 모두 안다고.
하지만 그것은 고팔에 속한 것,
원하면 언제든지 가져갈 수 있는 분.

❋

카비르,
며칠 동안은,
저마다 자기 북을 칠 수 있겠지.
강 건너는 나그네들,
배에서 만났다가 며칠 있으면
서로 다시 볼 수 없듯이.

❋

카비르,
바다로 먹물 삼고
산으로 붓을 삼고
땅으로 종이를 삼아도,
람 찬미하는 노래 모두 적지 못하겠네.

❋

카비르,
내가 직조공인 건 잘못이 아니다.
고팔이 내 가슴에 사신다.
람이 카비르를 만나 안아 주신다.
뱀들이 모두 사라진다.

❋

카비르,
아무도 제 집을 스스로 무너뜨리고
다섯 아들을 죽이고
그리고 람을 사랑하려고
앞으로 나아가지 않는다, 아무도.

❋

카비르,
아무도 제 집을 스스로 무너뜨리지 않는다.
눈먼 사람들은 이해 못하지.
그래도 카비르는,
그들에게 큰소리로 외친다, 듣거나 말거나.

❋

카비르,
나는 한 마리 작은 새,
여기저기 팔짝거리고 날아다니며
만나는 모든 나무들한테서,
그 열매를 얻어먹는.

❋

카비르,
네가 찾아다니던,
그곳에 지금 네가 있다.
너와 다른 누구라고 생각하던,
그분이 바로 너다.

❋

카비르,
거대한 풍조나무 곁의 야자나무처럼,
못된 친구들에 의하여
네가 파괴된다.
풍조나무가 기울어지면 야자나무가 흔들린다.
가까이 가지 마라.

❖

카비르,
다른 사람들 잘못으로 어깨가 무거운데
너는 참 무심도 하구나.
자신의 짐이 걱정되지 않느냐?
남은 앞길이 위태로운데.

❖

카비르,
숯이 된 숲속 나무가,
쓰러진 몸으로 울부짖는다.
"대장장이가 와서 나를
실어 가지 않았으면 좋겠다.
그가 나를 두 번 태울 테니까."

❖

카비르,
하나의 죽음으로 둘이 죽고,
둘의 죽음으로 넷이 죽고,
넷의 죽음으로 여섯이 죽었다.
수컷 넷에 암컷 둘.

난해難解한 노래. 이런 이야기가 있다. 하루는 갠지스 강변에서 사냥꾼 하나가 활로 사슴을 쏘는 걸 카비르가 보았다. 사슴 뱃속에 새끼가 둘 배어 있었다. 어미와 함께 새끼 둘이 죽었다. 수사슴이 뒤따라 왔다가 사냥꾼 화살에 맞아 죽었다. 사냥꾼이 죽은 짐승들 곁으로 다가서다가 뱀에 물려 죽었다. 그의 아내가 소식을 듣고 현장에 달려와 죽은 남편을 보고 슬픈 나머지 숨을 거두었다. 그래서 모두 여섯이 죽었는데 수컷이 넷, 암컷이 둘이었다.

이런 알레고리로 읽기도 한다. 사람이 자기 가슴을 죽이면 (가슴에서 탐욕과 욕망을 빼앗으면) 교만과 세속 사랑이 함께 죽는다. 이 둘이 죽으면 욕망과 육신에 대한 사랑이 죽는다. 이렇게 넷이 죽으면 악과 양심이 죽고 결국 여섯이 죽는다. 앞의 넷(교만, 세속 사랑, 욕망, 육신 사랑)은 남성이고 뒤의 둘(악, 양심)은 여성이다.

❁

카비르,
온 세상을 누비며 찾았지만,
쉴 곳을 찾지 못하였다.
그런데도 어째서
하리의 이름을 부르지 않고
그렇게 울면서 돌아다니기만 하느냐?

❀

카비르,
현자들의 모임에 들어라.
그들이 끝내 너와 함께 하리라.
신神을 모르는 자들과 어울리지 마라.
그들이 끝내 너를 파멸하리라.

❀

카비르,
누구는 세상에 살면서,
안 계신 곳 없는 그분을 주야로 묵상한다.
하지만 한 번도 하리의 이름을
부르지 않은 사람들,
그들은 다시 태어나야만 한다.

❀

카비르,
희망을 람에 두어라.
다른 누구를 의존하면 실망만 할 것이다.
하리를 포기한 사람들,
그들은 지옥으로 갈 수밖에.

❀

카비르,
너는 참 많은 추종자들과
제자들을 거느리고 다니는구나.
하지만 케샤바를 벗으로 삼진 않았다.
하리를 만나려고 출발했다가
마음으로 중도에서 어긋난 것이다.

❀

카비르,
람이 뒤에서 후원하지 않으면
가난한 사람이 무엇을 할 수 있겠는가?
발을 올려놓는 가지들마다
저렇게 부러지는걸.

❀

카비르,
남들한테 설교하는 사람들,
제 입에 모래를 넣고 있는 꼴이다.
자기 밭이 썩어 문드러지는데,
남의 수확을 거들겠다며 저러고 있으니.

✼

카비르,
콩깍지를 먹더라도 현자들을 벗 삼아라.
무슨 일이 있어도,
신神을 모르는 자들 무리에 휩쓸리지 마라.

✼

카비르,
현자들 가운데 있으면,
그분의 사랑이 날마다 두 배로 자란다.
신神을 모르는 자들은
검은 담요 같아서,
빨고 또 빨아도 희어지지 않는다.

✼

카비르,
영혼을 면도하지 않으면서,
머리는 왜 미느냐?
모든 것이 마음에서 나오느니.
머리를 빡빡 밀어봤자,
그게 다 무슨 소용이겠느냐?

❊

카비르,
잊지 마라, 람의 이름.
몸과 재물은,
갈 때가 되면 가게 하여라.
네 가슴을 그분의 연꽃 모양 발에 바치고,
그리고 람의 이름에 흡수되어라.

❊

카비르,
내가 연주하는 수금豎琴,
줄이 모두 끊어졌다.
불쌍한 수금豎琴,
무엇을 할 수 있으랴?
연주자가 오래 전에 가 버렸거늘.

—

악기는 몸, 연주자는 생명.

❊

카비르,
의혹을 떨쳐 버리지 못한 저 구루의 어미,
머리를 면도로 밀어라.

그가 스스로 베다와 함께 물에 빠졌고,
그의 제자들 모두 떠내려갔다.

❈

카비르,
네가 지은 모든 죄를
가슴 속 깊이 감춰 두었다만,
마지막에 드하름라자가 심문하면,
모두 밝혀질 것이다.

❈

카비르,
네가 하리를 잊고서
가족들 부양하느라 바쁘게 살았다만,
실은 그러느라고
그들 모두 가버린 줄을 몰랐구나.

❈

카비르,
하리를 잊고서 일어나
밤을 새우러 가는 저 여인,
제 새끼 잡아먹는

암컷 뱀으로 환생하리라.

———
자식 없는 힌두 여인이 화장장에 가서 주문呪文을 외고 돌아와 벌거벗은 몸으로 빵을 구워 먹으면 아이를 가질 수 있다고 한다.

❀

카비르,
하리를 잊고서 호이를 기려
금식하는 저 여인,
무거운 짐에 눌려 비틀거리는
나귀로 환생하리라.

———
호이; 천연두를 관장하는 여신. 해마다 시월이면 벽에 그리거나 흙으로 빚어 그녀의 형상을 만든다. 그녀의 호의를 입고자 여인들은 금식. 대부분의 남신과 여신들이 타고 다니는 짐승이 있는데 호이는 나귀를 탄다. '산지'(친구)라는 이름으로도 알려져 있다.

❀

카비르,
네 가슴으로 하리를 기억하는 것이
더없이 큰 지혜다.
죽마 타고 묘기 부리다가
처박히는 거기엔 아무 희망이 없다.

———
죽마竹馬; 아슬아슬한 묘기를 부리는 무용수와 곡예사.

✿

카비르,
'람'을 말하는 입에 복이 있느니.
가난한 몸 하나뿐 아니라,
온 마을이 덕분에
거룩해지리라.

✿

카비르,
하리의 종이 태어난 집안에 복이 있느니.
그런 종을 내지 못한 집안은
수풀 속의 쓸모없는
잡목과 같다.

✿

카비르,
온갖 깃발 휘날리며
말과 코끼리를 타는 것보다
문전걸식이 훨씬 낫다.

그렇게 해서,
하리를 기억하며
네 날들을 보낼 수 있으니까.

❀

카비르,
나, 북을 어깨에 메고 천하를 유랑하였네.
다른 북들도 많이 쳐 보았지만—
내 것이라고 할 만한 북이 없더구나.

❀

카비르,
길 위에 진주알들이 흩어져 있는데
우연히 그리로 맹인이 지나간다.
야그디쉬의 빛 없이,
온 세계가 그렇게 지나간다.

❀

카비르,
탁월한 재능의 아들이 태어나자,
집안이 물에 빠졌다.
아들이 하리를 잊어버리고

집안을 온통 재물로 채워 놓는 바람에.

——

전설에 의하면 카비르에게 두 자녀가 있었다. 아들은 이름이 카말, 딸은 카말리. 이름의 뜻은 '재능'이다.
이 노래는 다음과 같이 읽을 수도 있다.

아들 카말이 태어났을 때
카비르의 집안이 물에 빠졌다.
그가 하리를 잊어버리고
집안을 온통 재물로 채워 놓는 바람에.

이 노래에 얽힌 일화가 있다. 카말이 갠지스 강에 갔다가 물에 빠져 죽으려는 문둥이를 본다. 카말이 그를 말리고 자기가 병을 낫게 해주겠다면서 갠지스 강물을 손바닥으로 떠다가 환자 몸에 끼얹자 곧바로 병이 낫는다. 문둥이가 고맙다며 큰 재물로 보상을 한다. 카말이 많은 재물을 가지고 집으로 돌아온다. 카비르가 이 노래로 재물의 밥이 된 아들을 견책한다.
같은 노래를 알레고리로 읽을 수 있다. 여기 나오는 '아들'은 마음, '카말'은 재능. 인간의 재능은 잘못 쓰면 그 주인이 망할 수 있는 것. 카비르 집안이 하리를 잊고 재능을 엉뚱한 데 쓰면 재물과 세속 사랑에 망하고 만다.

✻

카비르,

현자를 보러 가려거든
곁에 아무도 데려가지 마라.
그리고 돌아서지 마라.
무슨 일이 있든지, 계속해서 가라.

❀

카비르,
온 세상이 묶여 있다.
오, 카비르,
너마저 묶지는 마라.
소금이 국솥에서 녹아지듯이
네 육신 또한 그렇게 없어지리라.

❀

카비르,
백조는 날아가고,
몸은 곧 땅에 묻힐 것이다.
그는 오직 표상表象으로만 말할 수 있다.
하지만 아직 그의 눈에 욕망이 사라지지 않았구나.

❀

카비르,

내 눈으로 당신을 보고
내 귀로 당신을 듣고 싶습니다.
오, 주인님.
나의 언어로 당신을 말해 주십시오.
당신의 연꽃모양 가부좌를
내 가슴에 얹으십시오.

❀

카비르,
구루의 은혜로 나,
천당과 지옥에서 건짐 받았다.
그분의 연꽃 모양 가부좌에서 오는
기쁨 속에 영원히 흡수되었다.

❀

카비르,
그분의 연꽃모양 가부좌에서 솟는 기쁨을
어찌 헤아릴 수 있으랴?
그 아름다움을 말로 할 수 없구나.
믿기 위해서 너는 보아야 한다.

❋

카비르,
내 비록 그분을 보았더라도,
어떻게 그분을 설명할 수 있겠는가?
아무도 만족 못할 것이다.
하리는 그냥 하리.
나, 기꺼이 그분을 찬미하리라.

❋

카비르,
왜가리가 제 새끼를 기억하며 쫀다.
새끼를 기억하며 쪼고 또 쫀다.
어미 왜가리가 어린 새끼한테 그러듯이,
마야가 사람들 가슴한테 그런다.

❋

카비르,
구름이 하늘을 덮는다.
비가 연못과 호수를 채운다.
차트리크 새처럼 사모하는 사람들,
그 가슴이 얼마나 찢어질까?

———

차트리크; 인도에 사는 얼룩 뻐꾸기. 보름밤에 내리는 빗방울만 먹고 사는데 비를 사모하여 우는 소리가 너무나 안쓰러워 아물지 않은 사랑의 상처를 찢어 놓는다.

❉

카비르,
밤중에 짝과 헤어진 차카바,
새벽이면 짝을 다시 만날 수 있지만,
람과 헤어진 사람들은,
밤에도 낮에도 그를 만나지 못한다.

———

차카바; 붉은 오리. 둘이 짝을 이루고 산다. 서로 그리워하는 연인들의 영혼이라고도 한다. 해가 지면 헤어져야 하는데 밤새도록 짝을 부르며 기다리다가 새벽이 밝아오면 다시 만나 합친다.

❉

카비르,
그들이 바다에서 떨어져 나갔다.
"오, 조개들아,
부디 바다에 숨어 있어라.
아니면 해 뜰 때마다 신神들의 집에서
날카로운 비명을 질러야 할 테니."

—

새벽마다 신전에서 사제들이 신神들을 깨우고 신자들을 불러들이려고
조개껍질을 두드린다.

꽃

카비르,
그렇게 깊이 잠든 몸으로
무엇을 하고 있느냐?
일어나라, 일어나서 슬피 울어라.
무덤 속에 깊이 묻혀 있는 자들의 잠이
어찌 그리도 달콤하단 말이냐?

꽃

카비르,
그렇게 깊이 잠든 몸으로
무엇을 하고 있느냐?
일어나라, 일어나서 무라리를 예배하여라.
언젠가는 무릎 펴고,
제대로 잠들 날이 올 것이다.

꽃

카비르,

그렇게 깊이 잠든 몸으로
무엇을 하고 있느냐?
일어나라, 일어나서 깨어 있어라.
그로부터 네가 떨어져 나온,
그분을 껴안아라.

✽

카비르,
현자들의 뒤를 좇아 길 위에 머물러라.
그들을 만나면 네가 거룩해지리라.
그들을 만나 하나로 되면,
그분의 이름을 거듭 부르게 되리라.

✽

카비르,
신神을 모르는 자들과 어울리지 마라.
그들한테서 멀리 달아나라.
그을린 솥을 만지면,
손이 검어지지 않을 수 없는 것이다.

✽

카비르,

너는 한 번도 람을 생각하지 않았고,
그렇게 세월이 흘러
늙은 나이가 너를 삼켜 버렸구나.
네 집 문간에 불이 붙었다.
이제 어떻게 무엇을 할 수 있겠느냐?

✳

카비르,
바야흐로 열매들이 보인다.
망고들이 익었다.
임자가 그것들을 거두겠지.
까마귀들이 먼저 먹지 않는다면.

✳

카비르,
사람들이 우상을 사서 그것을 숭배하고,
그러면서 고집불통으로 성스러운 강물에 목욕을 한다.
그렇게 눈에 보이는 것들을 베끼고 시늉하면서
이리저리 헤매다가 몽땅 잃어버리는구나.

✳

카비르,

세상이 파르메슈아를 돌멩이로 바꿔놓고,
그것을 숭배한다.
이런 종교의 울타리 안에 거하는 사람들,
그들은 검은 강에 빠져 죽을 것이다.

카비르,
종이로 지은 감옥에 먹물로 만든 문門들.
돌멩이들이 세상 사람들을
물에 빠뜨려 죽이는데,
길에서 저들을 약탈하는 석학碩學들.

———

종이로 지은 감옥; 참된 신성을 경험하지 못하도록 사람 마음을 닫아
놓는 성스러운 책들.

돌멩이들; 우상들.

카비르,
내일 할 일을 오늘 하여라.
지금 당장 하여라.
죽음이 와서 네 머리를 덮치면,
아무 일도 못할 터인즉.

❀

카비르,
칠기漆器처럼,
번들거리는 사람들을 나는 본다.
저마다 예민하고 선명하고 덕스러워 보이지만,
실제로는 무감각하고 성스럽지도 않은.

❀

카비르,
염라가 나를 얕잡아보진 못하지.
작은 아이 염라를 지으신 파르비드가,
그분을 내가 섬기는 한.

❀

카비르,
그분은 사향노루,
그분을 섬기는 종들은 땅벌들.
카비르가 그분을 더 높이 섬길수록,
람은 그 안에 더 깊이 사신다.

❀

카비르,
가정의 쾌락에 네가 빠져 있구나,
람은 변두리로 몰아내고서.
드하름라자의 군대들이,
질탕한 네 잔치마당
한복판으로 달려오고 있는데.

❀

카비르,
신神을 모르는 자들보다 돼지가 낫다.
적어도 마을의 음식 쓰레기를 청소하지 않느냐?
신神을 모르는 자들이 죽으면,
아무도 그 이름조차 기억하지 않으리니.

❀

카비르,
네가 한 푼 또 한 푼,
수백천만 재물을 쌓아 두어도,
이 세상 떠날 때는,
한 푼도 가져가지 못한다.
너 입은 속옷까지 벗겨질 것이다.

❋

카비르,
내가 바이슈나바 성자로 되어서
네 줄 목걸이를 늘어뜨린들,
그게 다 무엇이랴?
거죽은 순금, 속은 밀랍蜜蠟인 것을.

❋

카비르,
온갖 교만 버리고
길 위의 자갈돌처럼 되어라.
스스로 종이 되면
바그완을 만날 것이다.

❋

카비르,
네가 자갈돌처럼 된다면—
그래서 어쨌다고?
나그네들 발이나 아프게 하겠지.
종인 너는 모쪼록,
흙의 티끌처럼 되어야 한다.

❀

카비르, 네가 티끌처럼 된다면—
그래서 어쨌다고?
이리저리 사람들 몸에 달라붙기나 하겠지.
하리의 종은 물처럼 되어야 한다.
언제 어디서 어떤 모양으로도 될 수 있는.

❀

카비르, 네가 물처럼 된다면—
그래서 어쨌다고?
뜨겁거나 차갑거나 그러겠지.
우리한테 필요한 건,
하리처럼 된 하리의 종이다.

❀

카비르,
지붕에 깃발 휘날리는 높은 궁전에서
황금과 아리따운 여인들에 묻혀 지내기보다,
집집마다 음식을 구걸하며,
성자들 무리와 더불어
하리를 찬미하는 것이 훨씬 낫다.

❋

카비르,
번창한 도읍보다 홀로 앉아서
람을 예배할 수 있는
사막이 훨씬 낫다.
람 없는 궁전은 염라의 소굴이다.

❋

카비르,
갠지스와 야무나가 만나는 곳,
불변의 침묵이 거하는 곳,
그곳에 내 사원寺院이 있다네.
그리로 가는 길을,
모든 거룩한 자들이 찾고 있더군.

—

갠지스와 야무나가 만나는 곳; 요기들이 왼쪽 콧구멍으로 쉬는 숨과
오른쪽 콧구멍으로 쉬는 숨을 분별하는데 그것들이 서로 만나는 지점
을 가리킨다고 볼 수 있다. 또는 하나님이 거하시는 순결한 곳, 불변의
침묵이 있는 곳을 인간의 거주지로 삼아야 한다는 의미.

❋

카비르,

새로 돋아나는 싹의 보드라움,
그것을 영원토록 지킬 수만 있다면—
한 알의 다이아몬드,
아니, 수백만 루비를 주어도
그 보드라움을 결코 살 수 없으리.

✿

카비르,
나 이상한 일을 보았지.
다이아몬드 하나가
가게에 진열되어 있는데,
도무지 사겠다는 사람이 없어서,
겨우 조가비 몇 개에 팔려나가는 거라.

✿

카비르,
신성한 지혜 있는 곳에 의義가 있고,
거짓 있는 곳에 죄가 있고,
탐욕 있는 곳에 죽음이 있고,
자비 있는 곳에 그분이 살아 계시고.

✳

카비르,
네가 마야를 버렸다면—
그래서 어쨌다고?
여전히 너는 교만을 버리지 않았다.
무니들, 최고의 무니들도
교만 속에서 썩는다.
교만이 모든 것을 삼켜 버린다.

—

무니: 성스러운 점쟁이 또는 고행자.

✳

카비르,
나는 참 구루를 만났네.
그분 말씀이 화살처럼 나를 꿰뚫었지.
그것에 맞은 것을 느끼면서,
내 가슴은 가리가리 찢어졌다네.

✳

카비르,
참 구루가 무엇을 할 수 있을까?
그 제자들이 쓸모없다면.

귀머거리한테는 말씀이 소용없지.
소리 내려고 푸른 대나무를 부는 것처럼.

———

연주자(참 구루) 없는 피리(영혼)는 소용이 없다. 누군가 그 속에 있는 음
악을 불어내야 한다.

❈

카비르,
말과 코끼리를 타고 다니는 왕비.
그녀를,
하리의 종들을 위해서 물 긷는 여인에
견줄 순 없는 일이지.

❈

카비르,
왜 왕비를 능멸하는가?
왜 하리의 시녀侍女를 존대하는가?
저쪽은 욕정을 자극하고자
자기 머리를 꾸미는데,
이쪽은 하리의 이름을 기억한다.

❋

카비르,
트루스가 나를 뒷받침한다.
참 구루가 나에게 끈기를 주었다.
만사로와르 호수 기슭에서
나, 카비르는 다이아몬드를 샀지.

❋

카비르,
하리는 다이아몬드,
그분의 종이 자기 가게에 진열해 놓은.
다이아몬드 상인이 오면
즉시로 그 가치가 드러날 터인데.

❋

카비르,
어려운 일이 있을 때마다 너는,
람을 소리쳐 부르지.
그렇게 언제나 그분을 기억하여라.
그리하면 네가 죽음 없는 도성에서 살게 되리라.
네가 잃어버린 것을 하리가 채워 주신다.

❋

카비르,
경건 생활에 필요한 두 가지는,
현자와 람.
람은 너에게 구원을 주고,
현자는 너로 하여금
그분 이름을 거듭 부르게 한다.

❋

카비르,
석학碩學들이 걸어간 그 길을,
큰 무리가 따라서 걷는다.
람의 길은
좁고 가파른 산길.
그 길을 카비르는 걷고 있다.

❋

카비르,
다른 사람들이 뭐라고 하는지,
그걸 걱정하면서 네가 죽어 가는구나.
그렇게 가문의 전통을 잇는구나.
말해다오, 그들이 너를 화장터에 눕힐 때,

어느 가문이 부끄러워할 것인가?

❋

카비르,
카비르는 말한다,
"오. 비참한 인생들아,
너희 모두 물에 빠져 죽으리라,
남들이 어떻게 생각하는지를 생각하면서.
네 이웃에 일어난 일이 무엇이든지,
그대로 너희에게 일어나리라."

❋

카비르,
집에서 집으로 걸식을 하며,
여러 밀가루로 만든 빵을 먹는 것이 낫다.
누구도,
어느 것도,
네 것이 아니다.
땅은 크고 경계는 넓다.

❋

카비르,

소유가 너를 근심케 한다.
무소유에 무 염려.
아무 지닌 게 없는 사람들,
그들한테는 인드라도 가난뱅이다.

❀

카비르,
연못물이 가장자리까지 가득 찼는데,
아무도 그 물을 마시지 못한다.
하지만 운 좋게도 너는 그 길을 찾았구나.
마셔라, 카비르야, 실컷 마셔라.

❀

카비르,
새벽하늘 스러지는 별들처럼,
이 몸은 사위어 가지만,
그분 이름은 결코 사라지지 않는다.
카비르야,
꼭 붙잡고 있어라, 그 이름.

❀

카비르,

나무로 지은 집이 불 위에 놓였다.
석학碩學들이 모두 불에 타서 죽어 간다.
그러는 사이에,
어리석은 바보들은 일어나서 도망을 치네.

❀

카비르,
의혹을 멀리 쫓아 버리고,
그 종이 뭉치들 모두 치워 버려라.
가나다라 문자들 떠나보내고,
네 생각을 오로지
하리의 발치에 두어라.

❀

카비르,
성자들, 성자 아닌 자들을 수없이 만나도,
자신의 성품을 버리지 않는다.
말라야 산의 자단나무—
뱀들에 에워싸여 자라지만,
그 서늘한 감촉을 잃지 않는다.

——
말라야 산은 카비르 시대에 자단나무 숲으로 유명했다.

✿

카비르,
내 마음이 브라마의 지혜를 얻자,
정념에서 자유로워졌다.
세상을 태우는 저 불길이
그분의 종한테는 물과 같아라.

✿

카비르,
이 모두가 창조주의 것,
그런 줄 아는 자들,
참으로 드물다.
주인님 또는
그분 궁전의 종들만 그것을 알지.

✿

카비르,
복되어라, 그분을 경외하는 사람들.
그들은 다른 모든 걸 잊었다.
빗방울이 물에 떨어져,
흐르고 흘러 바다에 녹아드네.

❀

카비르,
그 사람, 티끌을 모아서
꾸러미로 엮는구나.
며칠 동안은 근사해 보이겠다.
하지만 티끌은 티끌인 걸.

❀

카비르,
모든 몸이 창조된 것들이다.
따라서 해처럼,
또는 달처럼 빛날 것이다.
하지만 그 사이에,
구루-고빈드를 만나지 못하면
그냥 티끌로 돌아가겠지.

❀

카비르,
잔꾀 있는 곳에 두려움 있고
두려움 있는 곳에 하리 없다.
오, 현자들이여,
가슴으로 들으시라,

조심조심 카비르는 말한다.

❁

카비르,
아무것도 모르는 사람들은 저렇게,
평화로이 잠자는데,
오, 카비르, 너는 뭘 알아서,
그래서 이렇게,
끝도 없는 걱정으로 가득 찼구나.

❁

카비르,
매 맞는 사람들은
맞을 때마다 비명을 지르는데,
오, 카비르,
너는 가슴을 맞으면서도
꼿꼿이 서 있었다.

❁

카비르,
창에 찔린 것쯤 아무것도 아니다.
찔리긴 했지만,

그래도 여전히 살 수 있으니.
그분 말씀에 찔리고도 견뎌 내는 사람들,
그들은 위대한 구루들이고,
나는 그들의 종이다.

❊

카비르,
사원寺院 뾰족탑엔 왜 오르는가?
오, 물라여,
알다시피, 사인은 귀머거리가 아니다.
그대가 그렇게 부르고 있는,
그분이 바로 네 가슴 안에 있다.

❊

카비르,
그대 안에 평화가 없는데,
오, 시크여,
카아바 순례는 왜 떠나는가?
카비르,
가슴이 평화로 가득하지 않은 사람들이
과연 쿠다를 만날 수 있겠는가?

❀

카비르,
알라를 예배하여라.
그분을 명상할 때 고통이 달아난다.
사인이 네 가슴에 당신을 나타내실 것이다.
그분 이름이,
타오르는 불길을 잡아 주시리라.

❀

카비르,
잔인하구나, 그 힘―
그분 이름으로 그 짓을 하면서,
합법이라고 하는구나.
그대들이 그분 앞에서 정산精算할 때,
무엇이 그대들 것으로 되겠는가?

―
짐승을 잡아 하나님에게 희생 제물로 바치는 무슬림에 주는 경고.

❀

카비르,
콩기름 두르고 소금으로 간을 한,
볶음밥이 최고지.

빵과 함께 고기를 먹다가,
목구멍이 찢어질 순 없는 일이지.

❃

카비르,
구루가 너를 어루만질 때,
세상에 대한 사랑과
네 몸을 불태우는 욕정은 식고
기쁨과 슬픔이 너를 불태우지 못할 것이다.
보이는 모든 곳에서,
네가 하리를 보게 되리라.

❃

카비르,
"람"을 말하는 그 속에,
비밀이 있다.
모름지기 이것을 알아야 한다.
라스-리일라의 배우들과
그것을 보는 사람들,
모두 같은 람을 말하고 있다.

———

라스-리일라: 크리슈나가 젊은 시절을 보낸 고쿨의 여인들과 가졌던
호색적인 모험을 주제로 한 연극.

✲

카비르,
말해라, "람, 람."
그러면서 기억하여라.
한님은 모든 것 안에서 발견되지만,
다른 것은 오직 한 몸에 있다.

✲

카비르,
그 안에서 성자들과 하리가
섬김 받지 않는 집.
그 집은,
악령들이 거주하는 화장터와 같다.

✲

카비르,
카비르는 미친 벙어리가 되었다.
귀는 먹통,
발은 절름거리고,
구루의 화살에 맞은 것이다.

※

카비르,
구루의 화살에 맞은 사람들—
곧장 바닥에 쓰러지고,
가슴은 가리가리 찢어지고.

※

카비르,
메마른 땅에 하늘에서 떨어진,
깨끗한 빗방울—
하지만 아궁이 재災로 되었다.
진실이 없는 곳에서 일어나는 일이다.

※

카비르,
깨끗한 빗방울이 하늘에서 떨어져
일단 한번 땅에 섞여 들면,
네가 아무리 영리해도
그것을 다시 갈라놓을 수 없으렷다.

❀

카비르,
나는 카아바로 순례의 길 걷다가,
노상에서 쿠다를 만났지.
사인이 나를 보고서 화를 내며 말했네.
"누가 너보고 그리 가라더냐?"

❀

카비르,
아주 여러 번,
나, 카비르,
카아바 순례 길에 올랐네.
아주 여러 번.
오, 사인, 내가 무슨 잘못을 했나요?
오, 피르, 왜 나한테 말해 주지 않으셨어요?

❀

카비르,
살아 있는 것들을 잔인하게 죽이면서,
그것을 할랄이라고 부르네.
저들이 죽어 그분 앞으로 갈 때,
행적이 기록된 장부帳簿를 펼치실 텐데,

저들의 운명은 과연 어찌 될 것인가?

❀

카비르,
너의 완력행사가 잔혹하구나.
너는 쿠다에게 답해야 할 것이다.
네 장부帳簿가 펼쳐지면 뺨을 맞아야겠지.

❀

카비르,
순결한 마음의 사람들,
그들은 정산精算을 겁내지 않아도 되리라.
진실의 법정에서 아무도
그의 목덜미를 잡아채지 않을 테니.

❀

카비르는 말한다,
"오, 이원二元아, 하늘과 땅에서
너를 부수기가 어렵구나.
여섯 고행자들과 여든네 싯다들,
모두 의혹에 빠져 정신을 못 차리네."

여기 언급된 '이원二元'은 상크야 철학에서 말하는 물질과 영혼이다. '여섯 고행자들'은 요가 수련자인 요기, 엉클어진 머리에 사슬로 발을 채운 얀가마, 머리를 삭발한 사레브라, 세속을 포기하고 떠도는 산야시, 불교 수도승 봇디, 싸구려 실로 몸을 가린 비슈누 숭배자 바이라기.

❁

카비르는 말한다,
"내 것은 없습니다, 아무것도.
내게 있는 모두가 당신 것입니다.
당신 것을 돌려드리면,
나에게 무엇이 남겠습니까?"

❁

카비르는 말한다,
"당신 또 당신이라고 말하다가,
내가 당신으로 되었다.
그 뒤로 나에게 '나'가 없다.
우리 사이에서 사이가 사라졌을 때
모든 것에서 당신이 보였다."

❈

카비르,
가짜 희망에 매달려,
오직 악행만 일삼은 사람들.
그 온갖 욕망 하나도 채우지 못한 채,
일어나서 쓸쓸히 떠나는구나.

❈

카비르,
하리를 생각하는 사람들,
세상에서 위안으로 가득하고,
시르얀하르의 보호를 받는 사람들,
이곳저곳 떠돌지 않네.

❈

카비르,
기름틀 속의 씨앗처럼,
나, 으깨어졌지만,
참 구루가 자유롭게 해 주었지.
내 나이만큼 늙은 사랑이
다시 한 번 명멸明滅하는구나.

❀

카비르,
짖어대는 저 개는,
언제나 죽은 살코기를 쫓는데―
나는, 그분의 자비로,
해방하시는 참 구루를 찾았네.

❀

카비르,
땅은 성자들의 것이지만,
도둑들이 와서 차지해 버렸다.
땅은 그들의 무게를 느끼지 않지만,
그들은 손에 넣는 것 말고,
아무것도 하지 않는다.

❀

카비르,
콩을 얻으려고 콩깍지를
도리깨로 두드리지.
그렇게,
악인들과 함께 한 사람들,
드하름라자 앞에서 털릴 것이다.

✤

그의 벗, 트릴로찬이 말했지.
"오, 남데브, 내 생각에 자네는
세속에 대한 사랑의 함정에 빠져 있네.
왜 옷감에 물은 들이면서,
입으로 람을 부르지 않는 건가?"

———

트릴로찬; 남데브와 동시대를 살았던 13세기 바크티-시인. 눈이 셋이
어서 과거, 현재, 미래를 함께 본다.

✤

남데브가 대답하기를, "오, 트릴로찬,
자네는 입으로 '람'을 부르지.
내 손발은 이렇게 제 일을 하지만,
내 가슴은 언제나 니란잔과 함께 있다네."

✤

오, 카비르,
나는 누구한테도 속하지 않는다.
그 누구도 내 것이 아니다.
그분께,
만물을 지으신 그분께,

나는 흡수당했다.

✿

카비르,
밀가루가 진흙탕에 떨어졌다.
건질 수 없게 되었다.
맷돌질하면서 입으로 씹은 밀,
그게 그 여자가 얻은 모든 것이었다.

✿

카비르,
마음으로는 모든 것을 알면서,
여전히 죄를 짓는다.
등燈이 있은들 무슨 소용인가?
여전히 우물 속으로 몸을 던지면서.

✿

카비르,
사랑하는 이를 나는 사랑한다.
이해 못하는 사람들이 나를 말리지만,
내 어찌 그이를 떠나겠는가?
생명과 호흡을 내게 주시는 그이를.

❋

카비르,
집과 누각을 짓고
그것들을 단장하느라고,
너 자신을 죽이는 까닭이 무엇이냐?
그것들 가운데 절반만,
아니 절반의 절반만 있어도 남아돌 텐데.

❋

카비르,
우리는 걱정하고 설쳐 댄다.
그렇게 해서 무얼 이룰 것인가?
하리는 당신이 좋아하는 것을 하신다.
내가 걱정하고 설친다고,
그분 하시는 일이 바뀔 리 없다.

❋

그분이 몸소 걱정을 만들고,
그분이 몸소 그것을 거두어 가신다.
오, 나의 벗이여,
모든 일을 보살피시는,
그분을 찬미하자.

❀

카비르,
너는 결코 람을 생각하지 않는다.
욕심에 너무 사로잡혔다.
너는 죄에 목마르고,
생명은 순식간에 사라진다.

❀

카비르,
육신은 불에 굽지 않은
작은 옹기그릇.
그것이 깨어지지 않게 하려면,
람을 예배해야 한다.
그러지 않으면,
일이 잘 돌아가지 않는다.

❀

카비르,
소리쳐라, "케샤바, 케샤바."
생각 없이 잠들지 마라.
밤으로 낮으로 소리쳐 부르면,
언젠가는 그분이 들어주실 것이다.

❀

카비르,
람은 값없는 보석—
네 입을 주머니로 삼아,
가치를 아는 자들 앞에서만 열어라.
우연히 구매자를 만나거든 비싼 값으로 팔아라.

❀

카비르,
너는 람의 이름을 모르고 한평생 살았다.
집안을 크게 일으키느라고 바빴다.
네가 그 모든 것들에 묻혀 죽을 것이다.
마지막 한 마디 말도 못한 채.

❀

카비르, 삶은 저렇게 스쳐 지나가고,
순간마다 너는 깜박거린다.
가슴은 아직 덫에서 자유롭지 못한데.
염라는 북소리 울리며 다가오고 있는데.

❈

카비르,
일 년 열두 달 열매 맺는,
나무의 씨를 심어라.
그 나무 그늘은 시원하고,
가지들엔 열매가 맺히고,
새들이 즐거이 노래할 것이다.

❈

카비르,
주시는 이는 나무,
자비는 열매,
모든 것에 복을 주는.
새들이 날아가면서 말한다,
"당신 열매가 항상 달콤하기를."

❈

카비르,
그것이 네 운명이면,
네가 현자들을 사귈 것이다.
너는 구원의 열매를 얻을 것이고,
높고 위험한 길을 거리낌 없이 갈 것이다.

❀

카비르,
한 시간이라도,
반 시간이라도,
반에 반 시간이라도,
현자들과 이야기를 나눈다면,
너에게 커다란 복덕이 있을 것이다.

❀

카비르,
대마大麻를 씹고,
술을 마시고,
생선을 먹는 사람들—
저들이 성스러운 물에 목욕하고,
금식하고,
온갖 제의祭儀에 참석한다만,
말짱 헛된 짓이다.

——

대마大麻는 마취 성분이 있는 식물. 간혹 고행자들이 깊은 명상으로 들
어가기 위해서 복용함. 술과 생선을 먹는 것은 지복至福의 경지에 이르
기 위하여 금지된 행동이 허용되는 탄트라 의식儀式을 가리킨다.

❀

나는 부끄러워,
눈을 아래로 깔았지.
사랑하는 이와,
온갖 쾌락 맛보면서,
아무에게도 말하지 않았네.

❀

하루 스물네 시간,
내 영혼이 당신을 바라봅니다.
왜 내가 눈을 아래로 깔아야 하나요?
사랑하는 당신이 모든 사람 몸 안에 있는데.

❀

오, 믿음직한 사키, 들어봐요.
사랑하는 그이 안에 내 몸이 있는 건가요?
아니면 내 몸 안에 사랑하는 그이가 있는 건가요?
내가 사랑하는 그이한테서,
이 몸을 떨어뜨려 놓을 수 없네요.
내 몸 안에 있는 이것이,
내가 사랑하는 그이인가요? 아니면 내 영혼인가요?

___

사키; 인도 시詩에 등장하는 전통적 인물. 귀족 부인이 사랑을 고백할
때 그녀의 조언을 듣는다.

❋

카비르,
브라아민은 오직 속물들을 위해서만,
구루일 수 있다.
베다에 묻혀 베다를 근심하면서 죽어 가는,
독실한 신자들을 위해서는
구루일 수 없다.

❋

하리는 모래밭에 뿌려진 설탕 가루.
코끼리는 그것을 먹을 수 없다.
카비르가 말한다,
"구루가 내게 한 마디 해 주셨지.
개미가 되어라.
개미가 되어서 그것을 먹어라."

❋

카비르,

사랑-놀이를 하고 싶으면,
네 머리를 잘라서 공으로 만들어라.
그것으로 어떻게 전개될는지 알 수 없는,
사랑-놀이를 즐길 수 있으리라.

❋

카비르,
사랑-놀이를 하고 싶으면,
전문가하고 놀아라.
익지 않은 겨자씨를 갈았다가는,
과자도 망치고,
기름으로도 쓰지 못한다.

❋

현자를 알아보지 못하는 맹인처럼,
더듬어 찾고 있는 사람들―
남데브는 말한다,
"먼저 바그완의 종들을 섬기지 않고서,
어떻게 그분을 찾는단 말인가?"

❋

다이아몬드인 하리를 버리고

다른 돌멩이를 사모하는 사람들—
그들은 지옥으로 갈 것이다.
카비르는 진실을 말한다.

❁

카비르,
가장家長이 되었거든,
네 모든 의무를 다하여라.
아니거든 모든 것을 버려라.
모든 것을 버렸는데도,
여전히 덫에 걸려 있다면,
너야말로 불행한 사람인 것이다.

❁

팀파니 소리가 허공에 메아리친다.
상처 입더라도 목적을 이루자.
전사戰士가 벌판에 우뚝 섰으니,
바야흐로 싸울 때가 되었다.

❁

가난한 이들 위해서 싸우는
참된 전사戰士, 그분을 알아 모셔라.

죽음에 온몸이 박살날지언정,
벌판에서 달아나지 않는 분이시다.

테마로 읽는
카비르의 숨겨진 노래

하나님을 찾는 데 대하여

벗이여, 너는 나를 어디에서 찾는가?
보아라!
나 여기, 바로 네 안에 있다.
신전도 아닌,
모스크*도 아닌,
카아바도 아닌,
카일라스도 아닌,
바로 여기, 네 안에 내가 있다.

❁

네가 주인님을 찾아서 이리저리 헤맬 때,
주인님을 갈망하는 너의 뜨거운 마음,
그것이 장난으로 널 속이는 거다.

❁

석탑에서,
신전에서,

---

* 이슬람교의 예배당.

회당에서,
성당에서,
군중群衆 속에서,
네 목을 두르고 있는 네 발에서,
풀만 먹는 채식菜食에서,
너는 나를 찾지 못할 것이다.

지극정성으로 나를 찾을 때 나를 곧장 보게 되리라.
시간의 가장 작은 방에서 나를 보게 되리라.

✿

너, 나를 찾고 있는가?
바로 다음 자리에 내가 있다.
네 어깨가 내 어깨에 기대어 있다.

✿

너는 옹기 항아리를 본다.
나는 소나무와 골짜기,
산 뒤의 산,
산들을 지으신 이를 함께 본다.

벗이여,
너에게 진실을 말해 주마.

내가 사랑하는 하나님,
그분이 이 옹기 안에 살아 계신다.

❀

내 말을 들어라.
네 안에…
더없이 큰 영靈,
스승님이 가까이 계신다.

깨어나라,
깨어나라!

❀

그분(스승님) 발치로 달려가라!
바로 지금, 네 머리맡에, 그분이 서 계신다.
수백만 년에 수백만 년을 자고도
어찌하여 오늘 아침 깨어나지 않는가?

❀

하나님이 눈 속의 눈동자처럼
사람들 가슴 속에 계신다.
그런데 무지無知가 사람들로 하여금

그를 찾아 멀리 헤매게 하는구나.

✿

물속의 고기가 목마르다는 말에 나는 웃는다.
가장 생생하게 살아 있는 것이
네 집 안에 있다는 진실을 깨치지 못하고
거룩한 도시를 떠나서
완전 뒤죽박죽인 혼란으로 너는 가느냐.

✿

존재하는 모든 것들이,
하늘, 땅, 물, 불 그리고 비밀한 이가,
천천히 한 몸으로 자라고 있다.
나는 그것을 십오 초 만에 보았고
그것이 나를 생生의 종으로 만들었다.

✿

나로 하여금 알려지지 않은 것을 알게 한 것은
참되신 구루의 자비로운 은혜였다.
그에게서 나는 배웠노라.
발 없이 걷는 법,
눈 없이 보는 법,

귀 없이 듣는 법,
날개 없이 나는 법을.

❀

자연이 벌이는 빛들의 축제보다
장엄한 예배가 어디 있으랴?

❀

씨 한 알에 잎들과 가지들과 열매들을 빚는 열쇠가 들어
있듯이,
그렇게 하나님은 우주 안에서 이루어지는
온갖 창조의 근원이시다.

❀

개미 발목이 내는 소리를 들으시는 하나님께서
네 기도를 아니 들으시겠느냐?

❀

무엇이 하나님인가?
네 숨 속에 있는 숨이다.

❁

만물의 심장에 거하시는 하나님.
그분의 쉼터를 우리가 찾아야 하는 바로 그분.

❁

모든 개인 속에 빈틈없이 앉아 계신 전능의 하나님이
당신 뜻을 좇아서 사람의 행동을 인도하신다.

❁

우리는 나뉠 수 없다.
강물이 바다 속으로 저를 비우듯이,
내 안에 있는 무엇이 네 안으로 흘러 들어간다.

❁

네가 진실을 원한다면, 내 너에게 진실을 일러 주리라.
벗이여, 들어라.
내가 사랑하는 하나님이 안에 계신다!

❁

나를 아는 그분,

내가 그를 안다.
세상이, 베다가 뭐라고 하든,
상관없는 일이다.

✿

불쌍한 피조물,
그가 족쇄에 묶여 있다.
자기 힘으로 벗어나거나 아니면,
사랑하는 이가 그를 자유롭게 해 주거나.

✿

이봐요, 석학碩學,
누구 죽지 않은 사람 보았소?
봤거든 말해보시오.
브라마, 비슈누, 시바, 모두 죽었소.
그 숱한 해와 달들도 죽었고,
파르바티의 아들 가네샤도 죽었고,
다리 놓는 하누만도 죽었고,
크리슈나도 죽었소.
근원이신 한님,
그분만 죽지 않았지.
떨어지지도 올라가지도 않는 분.
카비르는 말한다,

그 한 분은 결코 죽지 않는다.

—

파르바티; 시바의 배우자인 여신.

❀

주인님,
제 사랑은 진실입니다!
제 머리를 가져가셔요.
주인님,
이 머리를 잘라 주십시오.
제 사랑이 죽음에 작별을 고합니다.

❀

책 읽는 사람들 모두 죽었지만,
아직 누구도 더 지혜로워지지 않았다.
오직 사랑의 말을 읽는 사람만이 지혜로워진다.

❀

나는 내 사랑과 명상冥想을
태양도 달도, 낮도 밤도 없는 땅속으로 가져갔다.
거기서 마시지 않은 신주神酒를 맛보았고
물 없이 마른 목을 축였다.

❀

요기가 겉옷에 붉은 물감을 들여도,
그것이 사랑의 색깔임을 까맣게 모른다면
그게 다 무슨 소용이랴.

❀

한순간의 날카로운 눈길.
진정으로 나를 사랑하는 자의 가슴,
그 속에,
거기에 내가 있느니!

❀

되통스러운 이 몸뚱이.
믿지 못하는 이 마음 그리고 작은 이 사랑.
나에겐 마냥 커 보이는 이것들을 당신은 어찌 생각하시
는지?

❀

내 사랑이여!
당신을 내가 한 번 본다면
세상을 향해서 영원히 눈 감으리.

❀

사랑 이야기는 말로 표현되지 않는 것.
사람의 말로는 담을 수 없는 것.
달콤한 꿀을 맛본 벙어리가
그저 웃을 뿐,
아무 말 못 하듯이.

❀

들어라, 벗이여!
사랑하는 이를 우연히 만나는,
그것 말고 다른 만족이란 없는 것이다.

믿음과 헌신에 대하여

누가 너 가는 길에 가시를 뿌리거든
너는 그의 길에 꽃을 뿌려라.
네가 꽃을 거두는 마지막 날에
그는 가시를 거둘 것이다.

✿

다가오는 정원사를 바라보면서
꽃망울들이 탄식하네.
오늘은 피어 있는 꽃들이 떨어지지만
내일은 우리 차례가 되겠지.

✿

내가 만일 하나를 말하면, 그건 그게 아니다.
내가 만일 둘을 말하면, 그건 모독이다.
카비르는 이것을 가르쳤지.
있는 그대로,
그냥 그렇게.

❀

네 발 짐승 보고
사냥꾼이 활을 당긴다.
놀라워라!
송장이 죽음을 잡다니.

❀

진실인즉슨 네가 스스로 돌아서서
어둠 속에 혼자 들어가기로 결심한 것이다.
지금 너는 남들과 얽혀 다투느라고
한 번 알았던 것을 잊어 먹었다.
그래서 그렇게 하는 일마다
신통하게도 실패를 거듭하는 것이다.

❀

오, 마음아, 내 마음아,
제발 천천히, 천천히 가자.
모든 일이 제 속도로 벌어진다.
정원사가 수 백 통 물을 길어 붓지만
열매는 제때가 되어야 맺히느니.

❀

네가 진실이면 저주가 너에게 닿을 수 없고,
죽음이 너를 삼키지 못한다.
진실에서 진실로 걷는데,
무엇이 너를 파멸시키겠느냐?

❀

"네가 지금 나를 밟고 있느냐?"
옹기장이한테 흙이 말한다.
"내가 너를 밟게 될 날이 멀지 않다."

❀

자연에는 자연스럽지 않은 일들이 많이 있다.
그녀가 거지한테 웃어 주며,
그를 왕으로 만들고 왕은 거지로 만든다.

❀

종족과 계급을 포기하고
너 자신을 온전히 하나님께 바쳐라.
탐욕, 분노, 증오 따위 모든 허물을 버리고
누구에게도 원수가 되지 마라.

이것이 성자로 되는 근본 원리니라.

✿

주인님의 보호를 받는 그 사람,
누구도 해치지 못하네.

✿

빙글빙글 도는 맷돌을 본다.
저 틈에서 아무도 성할 수가 없는 걸.

✿

뿌리를 움켜잡아라.
무슨 일이 일어날 게다.
혼동 속에서 길을 잃지 마라.

✿

그 모든 날들에 한 번도 네 사랑을
하나님께 보여 드리지 않았다.
새들이 네 알곡을 모두 먹어버린 뒤에
뉘우쳐 후회한들 무슨 소용이랴?

❀

벗이여, 깨어나라!
어찌하여 계속 잠자고 있느냐?
그렇게 잠들어 있다가
너무 많은 것을 잃고 말았다.
건질 수 있었던 그 많은 것들을.

❀

내일 할 일을 오늘 해라.
오늘 할 일을 당장 해라.
바로 이 순간 죽음이 너를 친다면
무엇을 어떻게 하겠느냐?

❀

형제여, 와서 보아라,
사람들이 안전하다고 말하는 것을,
말도 안 되는 이야기를.

사자가 호랑이와 한 멍에 메고,
불모지에서 쟁기질한다.
곰이 풀을 뽑고,
숫염소가 콩밭을 달리고,

암염소가 사자와 결혼하는데,
암소가 축가를 부른다.
영양이 결혼 지참금이고,
신부들러리는 도마뱀.
까마귀가 빨래를 하는 동안,
왜가리는 이를 닦고,
파리가 머리를 빗질하며 소리친다,
나도 결혼 잔치에 가야 한다고!

카비르는 말한다,
그대, 이런 광경을 그려볼 수 있는가?
그렇다면 내가 그대를
학자요 천재요 경건한 신자라고 부르겠다.

❀

형제여,
너의 신神들은 어디에서 왔는가?
말해다오,
누가 너를 미치게 만들었느냐?

람, 알라, 케샤바, 카림, 하리, 하즈랏—
이름도 참 쎘구나.
많고 많은 장신구지만 모두가 하나인 금,
그 성질은 둘이 아니다.

대화를 하려면 상대가 있어야지.
이 나마즈*에 저 푸자,
이 마하데브**에 저 무함마드,
이 브라마에 저 아담,
이 힌두에 저 투르크,
하지만 모두 땅에 속한 자들.
베다, 코란, 저 모든 거룩한 책들,
물라와 브라아민—
이름도 많지, 이름도 많아.
그러나 모든 옹기가 질흙인 것을.

카비르는 말한다,
아무도 람을 찾지 못한다.
종파宗派들에 묻혀 양쪽 모두 잃었다.
하나는 염소를 잡고
하나는 암소를 잡는다지만
둘 다 이념들 속에서 괜히 살았다.

———
사키; 이슬람 세계에서 신의 현재(顯在).

———

* 나마즈, 푸자 모두 예배를 가리킨다.
**마하데바.

✿

성자들이여,
내가 말을 한들 누가 믿겠는가?
거짓말을 하면 그게 참말인 줄 아는데.

파는 이도 사는 이도 없는 보석,
흠도 없고 값도 없는 보석을 흘낏 보았다.
번들거리며 반짝거리며
그것이 내 눈에서 빛을 뿜더니,
시방十方을 가득 채웠다.
구루에게서 오는 은총의 손길,
그것이 보이지 않게 자취도 없이 나타났다.

단순한 명상,
절대 고요가 깨어났다.
그냥 그렇게 나는 람을 만났다.

보이는 곳곳마다,
오직 이것,
오직 이것.
금강이 내 루비 심장을 가리가리 찢어 놓았다.

구루를 통하여 위없는 분이 오신다.
이렇게 카비르는 가르친다.

❁

오, 람이여!
혼동의 매듭은 풀리지 않고
죽음은 계속 이 몸을 흔들어 댑니다.

요기들은 혈통을 포기하면서도
여전히 계보를 자랑한다.
유식한 자들,
영웅들,
시인들,
박애주의자들,
온갖 재능을 두루 갖춘 자들도
이 마음 상태를 뚫고 나아가지 못하는구나.
찬미와 율법과 위인전을 읽지만,
경험은 아무 데도 없다.
연금술에 닿지 않은 쇠가 어떻게 금으로 되겠는가?
살아서 건너지 못한 물을 죽어서 건너겠는가?
네가 살아서 물을 건너지 않는구나.
네 믿음이 어디에 있든 거기가 너 죽는 자리다.
총명한 사람아, 무슨 짓을 하든지,
어리석든지 슬기롭든지,
너는 오직 깨닫기에 힘을 모아라.

카비르는 말한다,

지금 눈앞에 있는 것을 보지 않는 사람들,
그들을 두고 무슨 말을 할 것인가?

❁

은수자여,
이 노래를 풀 수 있는 요기가 나의 구루다.

나무가 뿌리 없이 서 있고
꽃 없이 열매 맺는다.
잎들도, 가지들도,
여덟 하늘-입 천둥번개도 없다.
발 없이 추는 춤,
손 없이 연주하는 가락,
혀 없이 드리는 찬양,
모양 없이 틀 없이 노래하는 가수—
참 구루가 이 모두를 드러내어 보여 주신다.

카비르는 말한다,
둘 다 어렵다.
내가 나로 경계 너머에 있는,
너머의 너머에 있는 크신 존재를 드러낸다.

영혼에 대하여 그리고 영혼을 위하여

하나님, 저에게 식구들 먹여 살리고
거지를 맨손으로 돌려보내지 않을 수 있을 만큼,
꼭 그만큼만 저에게 주십시오.

✿

마른 빵 먹고 맹물 마셔라.
다른 사람 버터 바른 빵 쳐다보며 군침 삼키지 마라.

✿

여기는 숙모님 댁이 아니다.
사랑이 머무는 곳이다,
온갖 교만을 포기한 자들만 들어올 수 있는.

✿

불쌍한 미물微物을 죽이지 마라.
그것이 같은 동전銅錢으로 보복할 것이다.
순례의 길을 떠나라.
백만 루피를 하나님들한테 줘도

그 돈이 너를 구원하진 못할 것이다.

✿

육신이 썩어 문드러지면, 그러면
영혼이 황홀경에 들어간다는 생각은 망상이다.
지금 여기에서 보이는 그것이 그때 거기에서 보인다.

✿

영혼은 제가 온 곳으로 돌아가야 한다.
영계 안에서 다시 태어나기 위하여
사람은 분명하고 신중하게 생각해야 한다.
그래서 분별력이 필요한 것이다.

✿

앞은 타오르는 불길,
뒤는 짙은 녹음.
네가 그 뿌리를 자를 때 열매를 주는—
나무에 경의敬意를 표하라.

✿

이 마을에 이르렀으나,

음식을 얻지 못하고
비바람에 사로잡힌 사람들.
어두워진 다음에,
어디서 음식을 구할 것인가?

❀

네가 대련을 노래한다만,
그것을 움켜잡진 마라.
네 인생이 그것을 만든 게 아니다.
강이 저렇게 달려가는데
무슨 수로 거기 발을 심겠느냐?

❀

석학碩學,
앎을 얻으려면 자네 가슴을 들여다보시게.
손대면 안 되는 게 따로 있다고 자네가 믿으니,
그것이 어디에서 왔는지 말해 보시게.
붉은 주스를 섞고,
흰 주스에 맑은 공기ㅡ
여덟 연꽃들이 준비되자 곧장 그것들이
세상으로 들어왔는데,
그런데 무엇이 손을 대면 안 되는 것인가?
팔십사만 옹기가 티끌로 돌아가고

그러는 동안 옹기장이는 질흙을 반죽하지.
우리가 손을 대고 먹으며
손을 대고 씻으며
손이 닿는 곳에서 세계가 생겨나는데,
그런데 도대체 무엇이
손댈 수 없는 것이란 말인가?

카비르는 말한다.
오직 그분, 마야의 얼룩이 묻지 않은 분!

✿

들짐승이 아닐세,
형제여,
들짐승이 아니라고.
그런데도 모두들 고기를 먹지.
온 세계가 들짐승—
상상도 못할!
배를 갈라도 간肝이 없고,
배알도 없어.
형제여, 살코기라네.
언제든지 살 수 있는 살코기.
싸구려 뼈들과
가스로 부풀어 오른 창자들,
불도 연기도 그것을 먹으려 하지 않네.

머리도 없고 뿔도 없는데
꼬리는 어디 있는가?
석학碩學들은 서로 만나면 다투고,
카비르는 결혼 노래를 부르고.

❀

행운아여!
어째서 값진 삶을
탐욕으로 낭비하는가?
지난 생生의 밭에 너는 씨를 뿌렸다.
한 방울에서 한 모양으로 되어,
너는 불의 못에 머물렀다.
어미 뱃속에 열 달 동안 있으면서,
다시 욕망에 사로잡혔다.
다시 젊음,
다시 늙음,
스쳐 지나갈 것들은 스쳐 지나갔고
염라가 너를 묶어 끌고 간다.
눈물이 흘러내린다.
살기를 희망하지 마라.
시간이 네 호흡의 주인이다.

카비르는 말한다,
이판사판 노름판 세상이다.

주사위를 던지기 전에 두 번 생각하여라.

성품에 대하여

맷돌을 보면서 나는 울었네.
두 돌에 끼인 저 사람,
도무지 빠져나올 수가 없구나.

✿

좋은 성품의 소유자,
그가 누구든 가장 큰 사람이다.
온갖 보석들의 광맥,
삼계三界의 보화가 그 속에 있느니.

✿

네 힘을 써라.
남한테 희망을 걸지 마라.
강물이 네 등줄기로 흐르는데
어떻게 목이 말라서 죽는단 말이냐?

✿

헛된 망상 모두 버려라.

너 자신인 그것 안에 굳게 서라.

✿

한마디 말만 들어도,
누가 성자인지 도둑인지 알 수가 있지.
속에 있는 성품이 입을 통해서 밖으로 나오느니.

✿

너를 비판하는 사람을 네 곁에 두어라.
네 뜰의 쉼터를 그에게 내주어라.
비누도 없이 물도 없이
그가 네 품성을 깨끗이 닦아 주리라.

✿

백조야,
너는 강하지만
네 버릇은 약하다.
더러운 색깔로 무늬를 새기고
여러 연인들을 노려보는.

❋

내가 매를 맞았다고 말해도,
베일이 걷힐 때 아무도 보지 않는다.
개도 먹이를 건초더미에 감추는데,
뭣 때문에 말을 해서 적을 만들 것인가?

❋

어째서 암사슴 수효가
푸른 웅덩이 곁에서 줄어드는가?
한 마리 사슴에 사냥꾼은 수백 수천이다.
어떻게 그 창날을 피할 것인가?

❋

내밀한 가슴 하나 만나지 못했네.
모두 저한테 필요한 것으로 가득 차 있었지.
카비르는 말한다,
푸른 하늘이 찢어졌다.
어느 재봉사가 그것을 꿰매랴?

❋

살아 있는 것들 없이는,

살아 있는 것이 살아 있을 수 없다.
생명은 생명에 근거한다.
살아 있는 것들을 돌보고 그것들에 친절하여라.
석학碩學들이여, 잘 생각해 보시라.

❀

나는 종이도 먹도 건드리지 않았다.
내 손은 붓을 잡지 않았다.
어떤 위대한 것들을,
카비르는 입으로 노래할 따름이다.

❀

사람들이 여러 종파들로 나뉘어 다투고
그래서 온 세상이 그릇되어 간다.
세상 어느 종파의 편에 서지 아니하고
전능하신 하나님께 헌신하는 그 사람이 성자다.

❀

가련한 생명을 학살하지 마라.
모두가 하나인 숨을 나누며 살아간다.
비록 수천 마디 푸라나를 들어도,
네가 그 죽음에서 벗어나진 못할 것이다.

❀

셋이 순례의 길을 가네,
신경질 머리와 도둑질 가슴으로.
죄 한 톨 치우지 못한 채,
더 큰 죄의 둔덕을 쌓기만 하네.

❀

아, 덕스러운 포도주여.
아무도 너의 큰 덕을 말 못한다.
뿌리에서 잘릴 때 이미 너는 파래졌고,
물을 줄 때 이미 너는 시들었다.

❀

물보다 연하고,
연기보다 세미하고,
바람보다 빠른, 카비르의 친구!

❀

머리에는 독풀을 이고,
돌멩이 실은
철선鐵船을 타고서,

그 친구, 강을 건너겠다는군.

✿

복 있는 사람이,
티 없는 이름을 부르면서,
백조처럼 자유롭게 떠돌아다닌다.
하나님의 이름을 노래하거나 침묵하면서,
부리 속 진주로 세상을 유혹한다.
람의 발치, 서늘한 만사로와르 호수에
그가 머물고 있다.
그 우아한 백조 곁으로
바보 수탉들은 가까이 갈 수 없다.

카비르는 말한다,
물에서 우유를 갈라낼 수 있는 사람들,
그들을 나는 내 사람이라고 부른다.

✿

야바위꾼 하리가 세계를 떠돌면서
사람들을 속이고,
아무 말도 하지 않는다.

오, 천진한 벗아,

나를 떠나던 그날 아침,
어디로 갔더냐?
너는 하나뿐인 남자.
나는 네 여자.
네 발자국이 돌보다 무겁구나.
살은 흙, 몸은 공기.

카비르는 말한다,
나는 하리의 속임수가 두렵다.

❀

성자들이여,
브라아민은 매끈한 차림의 도살자.
가슴에 한 조각 아픔도 없이
염소를 죽이고 물소한테 덤벼든다.

그들이 목욕 마치고 어슬렁거리며
이마에 자단가루 반죽을 개어 붙이고,
눈 하나 깜박이지 않고 영혼들을 박살하며
신神들을 위해서 노래하고 춤출 때
피가, 강물처럼, 피가 흐른다.

얼마나 거룩하신가!
얼마나 뛰어난 족속이신가!

얼마나 위대한 권위를 떨치시는가!
저들의 전수傳授를 받고자
사람들은 또 얼마나 굽실거리는가!
우습다.
죄를 끝장내는 데 대하여 저들은 말하지만,
그 행실이 너무나 천박하구나.
브라아민 둘이 서로 목 조르는 걸 나는 보았다.
하지만 염라가 그들을 함께 데려갔지.

카비르는 말한다,
성자들이여,
이것이 칼리유가,
사기꾼 브라아민의 시대다.

✿

석학碩學, 물 마시기 전에 생각하시게.
자네가 들어 있는 그 흙집,
모든 창조가 거기서 쏟아져 나오네.
오천오백만 야다브와
팔만팔천 현자들이 거기에 잠겨 있는 거라.
걸음마다 예언자들이 묻혀 있는데,
그들의 모든 질흙이 썩어 문드러졌다네.
물고기, 거북이 그리고 악어들이
모두 거기에서 부화되었지.

물은 피로 뻑뻑해졌고
지옥이 썩은 강물 따라
사람과 짐승들로 흐르고 있네.
뼈를 통해 방울지고
살을 통해 녹으면서
우유가 어디로부터 오는 것인가?
석학碩學, 이것이
자네가 점심 먹고 나서 마시는 것인데,
그런데 시방 자네,
질흙에 손대면 안 된다고 말하는 것인가?
석학碩學, 자네의 그 거룩한 책들,
자네 마음이 만들어 낸 환각들을 던져 버리시게.

카비르는 말한다,
들어라, 브라아민, 이 모두 그대가 하는 짓거리다.

———
사키; 카스트로 야두의 후손이자 고대 베다의 판치자니야 종족의 하나.

✿

만약에 씨앗이 꼴이자 신神이라면,
그렇다면 석학碩學이여,
자네는 무엇을 요청할 것인가?
어디에 지능이 있고,
에고가 있으며,

어디에 가슴이 있고,
세 가지 성질은 어디 있는가?

감로甘露와 독毒이 꽃을 피우고,
열매들이 익고,
베다는 바다 건너는 여러 길을 드러내는데.

카비르는 말한다, 너와 나에 대하여,
누가 붙잡히고 누가 풀려나는지,
그걸 내가 어찌 알겠는가?

❋

악사樂士가 여덟 하늘-입 천둥번개로
견줄 바 없는 악기를 연주합니다.
오직 당신이 연주하고
오직 당신이 천둥번개 울리고
오직 당신의 손이 오르내리는 거예요.

서른여섯 라가를
한 음音으로 끝없이 말하는데,
입은 한 줄기 화살,
귀는 소리 나는 호리병―
참 구루가 악기를 만들었다.
혀는 한 줄의 현弦,

410

코는 쐐기 못—
그가 마야의 기름을 문지르면,
하늘-신전神殿에서 빛이
돌연한 반전反轉으로 폭발한다.

카비르는 말한다,
악사가 네 가슴에 살아 있을 때,
그때 명료함이 찾아온다.

——

라가; 인도 음악의 가락.

❀

자기 숨결 속에 있는 람을
알지 못하는 자들,
생각이 없는 바보 멍청이들.

너는 미쳐 날뛰며 암소를 거꾸러뜨려,
그 목을 찌르고 생명을 취하여,
살아 있는 영혼을 송장으로 만들면서,
그것을 성례聖禮라 부르지.
형제여,
너는 그 살코기가 순결하다고 말하느냐?
들어라, 어떻게 그것이 생겨났는가?
살은 피와 정액으로 만들어졌고

그것이 너의 성스럽지 못한 저녁 식사다.
어리석은 바보야, 너는 말하지,
"우리 죄가 아니다.
조상들이 그렇게 가르치셨다."
그렇게 배워서 알고 있는 네 머리에
그것들의 피가 묻어 있다.
한때 검던 머리칼은 희어지는데,
마음은 여전히 검구나.
회당 문간에 주검을 걸쳐 두고서,
노래는 왜 부르고
소리는 왜 지르는 거냐?
석학碩學은 푸라나와 베다를 읽고,
물라는 무함마드를 베끼고.

카비르는 말한다,
숨결 속에 있는 람을 모르면
둘 다 곧장 지옥행이다.

❀

첫 번째 총명— 총명하지 않음.
두 번째 총명— 누가 알까?
세 번째 총명— 총명을 먹음.
네 번째 총명— 모두 떠나감.
다섯 번째 총명— 아무도 모름.

여섯 번째 총명— 그것으로 모두가 파멸됨.
형제여,
만일 일곱 번째 총명을 알거든,
그것을 이 세상이나 베다에서 내게 보여라.

루비가 보석을 말한다,
저를 보여주지 않는 보석을.
말이 피조물을 말한다,
아주 드문 사람들이 알고 있는.

❀

미결수未決囚야,
사람으로 태어난 것을 네가 잊었구나.
많은 주인이 한 몸을 나눠 가진다.
부모들은 말하지, "내 아들!"
그러면서 자기들을 위하여 기른다.
여자는 말하지, "내 사랑!"
그러면서 암범처럼 삼켜 버린다.
다정한 아내들과 사랑스러운 자식들이 마주앉아
송장처럼 입을 벌리고 있다.
까마귀와 독수리는 주검을 생각하고
개와 돼지들은 눈으로 길바닥을 훑는다.

불이 말하기를, 내가 그 몸을 태우리라.

물이 말하기를, 내가 그 불을 끄리라.
흙이 말하기를, 내가 그것과 섞이리라.
공기가 말하기를, 내가 그것을 날려 버리리라.

바보야, 너는 그것이 네 집인 줄 알았느냐?
그것은 네 목구멍에 있는 적이다.
감각과 모양의 떼거리에 눈이 어지러워져,
살덩이를 네 것이라고 부르는구나.
한 몸을 많은 주인들이 나눠 쓰게 하려고
고통 속에서 태어난다.
정신 나가고
넋을 잃고
생각 없는 사람이
입만 열면 부르짖기를,
"내 것" 또 "내 것!"이라고.

삶에 대하여

사람으로 태어나기는 얻기 힘든 기회다.
익어 떨어진 열매가 가지에 도로 매달릴 수 없듯이
너, 다시 또 다시 그것을 얻지 못하리니.

✿

네가 이 세상에 태어날 때
우는 너를 보고 모두가 웃었거니와,
네가 떠날 때도 모두가 웃게, 그렇게는 살지 마라.

✿

살아 있는 동안 네 사슬을 끊지 않으면,
귀신들이 와서 그것을 끊어 주리라고 생각하느냐?

✿

벗이여, 살아 있을 때 주님을 향해서 희망하여라.
살아 있을 때 경험 속으로 뛰어들어라.
네가 살아 있을 때 생각하고…
다시 또 생각하여라.

네가 '구원'이라고 부르는 그 사건은
죽기 전에 이루어지는 일이다.

✿

살아 있을 때 족쇄가 풀리지 않았다면
죽어서는 해방의 항구에 닻을 내리겠느냐?
네 영혼이 몸에서 벗어났으니 저절로
그분과 하나 되리라는 생각은 허망한 꿈이다.

✿

벗이여, 살아 있을 때 그분을 희망하여라.
살아 있을 때 알고
살아 있을 때 이해하여라.
삶 속에 해방의 비밀이 숨어 있느니.

✿

동방의 비밀한 책들도 결국은 사람의 말이다.
나는 그 뚜껑 너머를 보았다.
네가 무엇을 꿰뚫어 살아 보지 않았으면
그건 아직 네 진실이 아니다.

❁

그것은 "내가 너다."라고 말하는 트럼펫.
한 스승이 와서 당신 제자 앞에 절을 올린다.
그 장면을 보기 위해서 살도록 힘써라!

❁

네가 살아 있는 줄 알았거든 삶의 본질을 찾아라.
인생은 네가 두 번 다시 만나지 못할
그런 나그네 길 같은 것이니.

❁

몸속에서 불타는 모래.
저마다
슬픔의 그늘 아래
살아가는 인생이로다.

❁

차가운 깊음 속으로 뛰어드는,
해녀海女의 용기를 보라.
과거 장애들을 헤치고 들어가서,
진주를 캐 내온다.

✿

완전 바보 같은 세상이다.
저마다 요가와 즐거움을 잃었다.
카비르는 깨를 타작하고
사람들은 왕겨를 타작한다.

✿

매일 정한 시간에 카비르는
대련을 암송한다.
죽은 자는 돌아오지 않는다.
그렇다, 그들은 돌아오지 않는다.

✿

학생이 얼뜨기인데
선생보고 어쩌란 말이냐?
얼굴이 파래질 때까지 불어 보아라.
지금 생대나무를 불고 있느니.

✿

그 말은 살 고객이 없다오.
값이 너무 높아서.

값을 내지 않으면 살 수 없으니
그냥 지나가시구려.

❀

그들 모두 자기 불로 불타는 걸,
나는 보았지.
내가 손으로 만질 수 있는,
그런 사람을 나는 만나지 못했네.

❀

성자들이여,
힌두와 무슬림,
두 길을 나는 보았다.
그들은 수련을 원치 않는다.
그들이 원하는 건 맛있는 음식.

힌두는 야자열매와 우유를 먹고 마시며
열하루 금식을 채우는데,
입은 재갈을 물리고 머리는 내버려두고,
고깃덩어리로 금식을 뭉개버린다.

투르크는 날마다 기도하고 일 년에 한 번 금식하며
수탉처럼 울어댄다, "하나님! 하나님!"

어둠 속에서 닭을 죽이는 자들,
그들을 위하여 하늘이 무엇을 마련했을까.

친절과 자비를 위해서 모든 욕망을 버리겠다고?
이는 난도질로 죽이고 저는 피를 흘리니,
두 집에서 같은 불이 타오르는구나.
투르크와 힌두가 한 길 가고 있다는 것을,
구루가 분명히 밝혀 놓으셨다.

람을 말하지 마라,
쿠다를 말하지 마라.
이렇게 카비르는 말한다.

❁

생각해 보게, 석학碩學, 그 모습을 말해 보라고.
남성인가? 아니면 여성인가?

브라아민의 집에서 그 여자는 브라아민 숙녀고,
요기의 집에서 그 여자는 한 제자고,
코란을 읽을 때 그 여자는 투르크 부인이지.
칼리유가에서 그 여자, 혼자 사는데,
자기 남편을 고르지 않고,
결혼도 하지 않고,
아들도 없어.

검은 머리 총각은 누구도 피하지 않지만,
그 여자는 영원한 처녀라네.
어머니와 함께 살면서
며느리들과 섞이지도 않고
남편과 잠자리에 들지도 않지.

카비르는 말한다,
자기 가족과 계급과 씨족을 버린 사람,
그 사람이 대대로 살아간다.

❀

브라마를 안다는 사람아,
한번 생각해 보아라.
천둥번개가 요란하게 으르렁거리며
쏟아내고 또 쏟아내지만,
비 한 방울 떨어지지 않는다.
코끼리가 개미 다리에 묶여 있고,
양이 늑대를 잡아먹고,
물고기가 바다 밖으로 뛰쳐나와
해변에 집을 짓고,
개구리와 뱀이 나란히 눕고,
고양이가 개를 낳고,
사자는 승냥이가 무서워 벌벌 떤다.
이 수상한 일들을 말로 할 수가 없구나.

나무들은 바다에서 불타고
물고기는 낚시꾼을 가지고 논다.
얼마나 수상한 지식인가!
누가 숲에서 의심의 사슴을 추적하는가?

이 말을 알아듣는 사람,
그가 날개 없이 하늘로 날아올라
죽지 않고 살 것이다, 카비르는 말한다.

✿

짐승-고기나 사람-고기나 그게 그거라.
둘 다 붉은 피를 가졌으니까.
사람들은 짐승들을 잡아서 먹지만
독수리도 죽은 사람을 먹는다.
옹기장이 브라마가 땅의 꼴을 빚는데,
죽음과 태어남—
이것들 모두 어디로 가는가?
남신男神과 여신女神들을 위하여
당신은 산 짐승들을 죽이는데,
당신의 신神이 진짜라면
왜 몸소 들로 나가
자기 잔치를 차리지 않는 건가?
사람들이 음식으로 자기 입을 즐겁게 하다가
돌아와서 사람들을 잡아먹는구나.

카비르는 말한다,
성자들이여,
말하라, 람, 람, 람 오직 람을.

✿

우조雨鳥야,
얼마나 멀리까지 들리게
너는 울 참이냐?
세상이 온통 물바다인데.
하구河口와 바다가 거기서 나뉘고,
베다와 여섯 의전儀典이 거기서 생겨나고,
선과 악이 거기 머물고,
땅과 하늘과 빛이 거기 붙잡혀 있고,
거기서 온갖 몸들이 솟아나오는
물, 물이 넘쳐나는데.

누가 그 비밀을 알 것인가?
카비르도 모른다.

✿

돌아다니는 너,
굽고, 굽고, 굽은 길로!
열 개의 문은 지옥으로 가득 차 있고,

깨어진 눈은 마음을 보지 못하고,
감각은 한 줌도 못되고,
분노, 굶주림, 섹스에 취하여
물 없이 물에 빠진 너.
네 몸이 불타면 재災는 티끌에 섞이고,
땅에 묻히면 구더기들이 먹겠지.
아니면 돼지, 개, 까마귀의 먹이로 되거나.
그런데도 너는 육신을 뽐내는구나.
요술에 걸린 광인狂人!
너는 보지도 생각하지도 않는다.
죽음이 너한테서 멀지 않다.
별의별 짓 다해 보지만,
그래도 몸은 어김없이 티끌로 돌아간다.
어리석은 바보가
모래성에 앉아서 생각이 없구나.

카비르는 말한다,
한 분 람이 없는 사람은
아무리 영민해도 깊은 수렁에 빠진다.

✿

지독한 혼동混同이로다.
베다, 코란, 천당, 지옥, 여자, 남자,
공기와 정액으로 방사放射된 질흙 항아리…

그 항아리가 깨어지면,
너는 그걸 뭐라고 부르겠느냐?
멍청이!
틀렸다, 요점을 놓쳤어.
그것은 그냥 하나의 살갗과 뼈,
오줌과 똥,
그냥 하나의 살덩이다.
한 방울에서 나온 한 우주다.
누가 브라아민인가?
누가 수드라인가?
브라마 라자스, 시바 타마스, 비슈누 사트바…

카비르는 말한다,
잠겨 들어라, 람 속으로,
힌두도 투르크도 없는 그곳으로!

부富에 대하여

'나'와 '내 것'에 대한 애정이 죽을 때
스승의 일은 끝난다.
노동의 목적은 배우는 데 있다.
배울 것 모두 배웠으면 네 노동은 끝난다.

❁

옳으니 그르니 너머에 마당이 있다.
오라.
거기서 내가 너를 만나리라.

❁

형제여! 온 세계가 가난하다.
아무도 부자가 아니다.
하나님 이름으로 재물이 있는 그 사람만 부자다.

❁

몇 푼 안 되는 돈으로 사람이 미쳐 버리지만,
죽음이 닥치면 그 얼굴은 파리해진다.

시간이 흐르면 알게 되리라.
달콤하던 술이 진실은 독이었고 자기가 속았다는 걸.

✿

가진 것 좀 있다고 으스대지 마라.
거지 보고 비웃지 마라.
네 배가 아직 바다에 떠 있고
무슨 일이 일어날지 너는 모른다.

✿

네가 황제든, 왕이든, 지주地主든, 거지든
그런 것들과 아무 상관없이
모든 것으로부터 별리別離되는 그날이 오리라.
어째서 아직도 깨어나지 않는가?

말의 가치에 대하여

암소가 누구 재물을 훔치거나
꾀꼬리가 그것을 누구에게 주더냐?
기억해라, 꾀꼬리는 다만 노래로 말하고
그것으로 세상을 매료시킨다.

❀

부드럽게 공손하게 말해라.
모든 사람을 행복하게 할 것이다.
네 말이 곧 네 매력이니 거친 말을 버려라.

❀

부드러운 말은 양약良藥 같고
거친 말은 남의 귀를 뚫고 들어가서
온몸을 괴롭히는 화살과 같다.

❀

지식으로 말을 하면 그 말에 가치가 없다.
말이 네 입술 밖으로 나오기 전에

가슴 속 저울로 달아 보아라.

✿

말하는 자들은 많지만,
그걸 움켜잡는 자들은 없다.
그들이 움켜잡으려 하지 않거든,
말하는 자로 하여금 떠나가게 하여라.

✿

어떤 눈으로도 볼 수 없는,
그런 말이다.
카비르는 말한다,
들어라,
모든 몸이 저마다 하는 말을.

✿

욕설은 한 마디뿐이지만
그에 대한 응대는 많고도 많다.
욕설에 대꾸하지 말고
그것을 외톨이로 만들어라.

✿

배운 사람의 지식은
그것을 혀에서 다스리지 않으면
도무지 쓸모없는 것이다.

✿

사람들이 저마다 말, 말, 말을 하는데
그 말에 몸이 없구나.
나는 혀 위로 오지 않을 것이다.
그것을 보아라, 그것을 맛보아라, 그것을 잡아라.

✿

맹세하라,
혀와 입술이 숯으로 되어도,
놓지 않겠다고.
달새들이 벌건 숯불을 씹는 방법이다.

✿

한 번에 한 물건씩,
그것이 무엇이든,
깨끗이 하여라.

말할 수 있는 입은 하나다.

❀

좋은 말, 나쁜 말이
앞으로 뒤로, 혀를 놀린다.
마음이 이렇게 저렇게,
몸을 후려친다.
그 진동 뒤에 죽음이 있다.

❀

한계 안에서 움직인다, 사람들.
한계 밖에서 움직인다, 성자들.
한계 안과 한계 밖,
둘을 떨쳐 버리는 곳에서
말로 표현 못할 생각들이 나온다.

❀

네가 지식을 가지고 말한다면,
그 말은 싸구려 잡탕이다.
말이 입 밖으로 나오기 전에
네 가슴 속 저울로 그것을 달아 보아라.

✿

사자 겉옷 속으로 염소가 뛰어든다.
너는 그 목소리만 듣고서,
그게 염소인 줄 안다.
말이 정체를 드러내는 것이다.

✿

당신이 성자聖者라고?
그렇게 아무 생각 없이 지껄이고
날카로운 혀의 칼로 남들을 찔러 대면서?

✿

달콤한 말은 화살,
쓴 말은 약초,
귀의 문으로 들어가서,
온몸을 관통하는.

✿

많은 사람이 희망하지만,
아무도 하리의 마음을 찾지 못한다.
감각들은 모두 어디서 쉬는가?

람-찬양대는 어디로 가고
밝은 사람들은 어디로 가는가?
시체들—
모두 같은 곳으로 간다.

람의 지복至福에서 듣는 주스에 취하여
카비르는 말한다,
나는 말했네,
나는 말했네.
그 많은 말들로 나는 지쳐 버렸네.

✿

그 순결한 것을
너는 뭐라고 부르겠느냐?
말해라, 피조물아.
손도 없고 발도 없고,
입도 혀도 귀도 없는 그의 이름을
어떻게 속삭이겠느냐?
빛-안의-빛이라고 불리는 빛,
그것이 나타내 보여주는 게 무엇이냐?
빛-안의-빛이 빛에 죽을 때,
그것이 어디로 가겠느냐?
브라마가 베다를 만들었다고 그들은 말한다.
하지만 그는 그 상태로 될 수 없었다.

카비르는 말한다,
구도자들, 성자들, 학자들이여,
이 말을 들어라, 그리고 스며들어라.

❀

독수리가 파수꾼인,
살코기로 너저분해진 마을,
누가 그곳의 행정관이 될 것인가?

배를 탄 생쥐,
노 젓는 고양이,
잠자는 개구리,
망보는 뱀,
새끼 낳는 황소,
불임不姙의 암소,
아침 점심 저녁으로 젖 짜는 송아지,
승냥이에 쫓기는 사자…

카비르는 말한다,
드물겠지, 이 노래 제대로 알아듣는 사람들.

죽음에 대하여

왕이든, 거지든 아니면 탁발승이든 한 번 온 자는 반드시
간다.
하지만 그것이 사람으로 하여금 보좌에 계속 앉거나
다른 누구를 사슬로 묶어 두는 짓을 그만두게 하진 않는
구나.

✿

사람이 죽음을 겁내어 자기 재물을 챙기는 동안,
어디서 무슨 짓을 한들 소용없는 짓이다.

✿

굽지 않은 질그릇처럼 몸은 쉽게 부서지고
마음은 도무지 쉴 줄을 모른다.
그런데도 며칠 더 살겠다고 별짓 다하는
그 사람 내려다보며 죽음이 웃는다.

✿

뽐내지 말고 우쭐거리지 마라.

시간의 갈고리를 기억해라.
언제 어디에서 그것이 죽음으로 너를 낚아챌는지,
거기가 안방일지 먼 바다일지 뉘 알겠느냐?

✤

고대광실 높은 집 자랑할 것 없다.
죽으면 풀들 무성한 땅속에 눕혀질 몸으로.

✤

바로 다음 순간 닥칠 일을 모르면서
먼 미래를 준비하느냐?
기억해라, 먹이를 낚아채는 매처럼
갑자기 닥쳐올 네 죽음을.

✤

죽음은 네 머리카락까지 너를 알고 있다.
그가 안방이나 먼 나라 땅에서 너를 칠 터인즉,
네 가슴에 람을 모시고 살아라.
네가 언제 어디에서 죽을지 너는 모른다.

✿

세상은 계속해서 죽는데 자기가 어떻게 죽는지는 아무도
모른다.

두 번 다시 겪고 싶지 않은 방식으로 죽는 사람은 없다.

✿

불에 타서 너는 재가 되리라.
땅에 묻혀 너는 흙이 되리라.
물을 가득 채운 굽지 않은 질그릇처럼,
장대한 네 몸이 함몰되리라.

✿

지금 발견한 것이 그때 발견된다.
지금 아무것도 찾지 못하면
저승의 빈 방에 혼자 있어야 할 것이다.

✿

손발이 묶인 채 영구차에 실려서
너는 지금 죽음의 나라로 가는 길이다.

❄

고기잡이 어부처럼,
운명의 그물을 죽음이 던지는구나.

❄

죽음이 네 머리 위에 있다.
벗이여, 깨어나라.
장사꾼들이 웅성거리는 집에서
어쩌면 그렇게도,
깊은 잠을 잔단 말인가?

❄

너는 죽었고 너는 죽을 것이다.
죽음의 북소리가 울린다.
북을 사랑하는 자처럼,
세계가 사라지고,
한 신호만 남는다, ─소리다.

❄

나무로 깎은 목상木像.
그 속에,

검은 흰개미,
모두를 삼킬 수 있는
죽음이 살고 있다,
아무도 모르게.

❀

백조야,
이 호수를 떠나면 어디로 갈 참이야?
여기서 너는 진주를 쪼아,
많은 맛을 즐겼지.

바야흐로,
잎은 물기가 마르고
꽃대는 숙여지고
연꽃은 시들었는데,

카비르는 말한다,
오늘 떠나간 것들이 내일 다시 오겠느냐?

❀

그 나무를 볼 수 있으면 자네,
나이와 죽음에서 자유로워지리라.
그 나무가 옹근 세계다.

한 기둥에서 세 줄기가 나오고
중간 줄기에서 네 열매들이 나오는데
그 잎과 가지들을 누가 다 헤아릴 수 있으랴?
곤충 한 마리,
세 천공天空에 달라붙어
단단한 껍질을 덮어쓰고 있으니
현명한 이들조차 자유로울 수 없구나.

카비르는 말한다,
나는 계속 소리를 지르고,
석학碩學들은 계속 머리를 굴리고.

❀

죽을 때 그 몸으로 무엇을 하겠느냐?
일단 숨이 멈추면 그것을 놔 버려야 한다.
맥 빠진 살덩이 처분하는 방법은 몇 가지 있지.
누구는 불태우고 누구는 땅에 묻고.
힌두는 화장火葬, 투르크는 매장埋葬.
하지만 이러든지 저러든지,
마지막엔 둘 다 집을 떠나야 하네.
고기 잡는 어부처럼,
죽음이 카르마의 그물을 펼치는구나.
무엇인가, 람이 없는 사람?
길바닥의 똥 무더기!

카비르는 말한다,
이 집에서 저 집으로 옮겨갈 때,
너는 후회할 것이다.

✿

그 요기,
아무도 모르는 다른 나라,
다섯 여인의 마을로 다시 가 버렸네.
자기 동굴로 돌아오진 않겠지.
그의 누더기는 불타고
깃발은 찢기고
지팡이는 부러지고
밥그릇은 깨어졌는데.

카비르는 말한다,
항아리 속에 있는 것들이
쏟아져 나오는 비참한 칼리유가!

위선僞善에 대하여

집이 가까워도 멀다고 생각하는 도갓집 황소처럼
네 마음에 불평불만이 남아 있는데
완벽한 요가 자세를 취한들 무슨 소용이랴?

✿

사람들이 힘들 때는 기도하지만
즐거울 때는 하지 않는다.
행복할 때 기도하는 그 사람을
어떤 슬픔이 칠 수 있으랴?

✿

죽음에 임박하여 힌두는 라마의 이름을 부르고
무슬림은 쿠다의 이름을 찬미한다.
하지만 그들 가운데 누구도
살아서는 하나님의 이름을 기억하지 않는구나.

✿

남들의 조롱거리가 되지 않으려고

새벽에 일어나 목욕도 하고
이마에 재도 바르면서
정작 중요한 진실은 모르는구나,
하나님이 자기 안에 있다는.

✿

사람 섬기는 데는 카스트 신분 제도의 가장 상위 계급인
성직자 학자 계급,
브라만보다 나귀가 낫고
집 지키는 데는 하인보다 개가 낫고
잠든 사람 깨우는 데는 선생보다 수탉이 낫다.

✿

거룩한 샘으로 달려가는 이유가 무엇이냐?
네 안에 강이 흐르고 그것을 언제든지 마실 수 있는데.

✿

한 방울 물이 바다에 스며드는 걸 너는 본다.
그러나 바다가 한 방울 물에 스며 있는 건 모르는구나.

✿

쓸데없이 게으른 잡담 집어치우고
너를 목적지로 마침내 데려갈 선행에 힘써라.

✿

석학碩學께서는 오늘도 자리에 앉아 법전을 뒤적이시네.
자질구레한 것들은 거들떠보지 않겠다는 듯.

✿

네 보석들로 질흙을 마음껏 꾸며라.
카비르는 왔다가 다시 갔다.
존재는 하나의 거짓말.

✿

성자들이여,
내 눈엔 온 세상이 미쳤다.
진실을 말하면 덤벼들어 때리고,
거짓을 말하면 믿어 준다.

법을 철저히 지키고
아침마다 목욕재계하는

경건한 힌두들을 나는 본다.
저들은 제 영혼을 죽이고
돌멩이들을 숭배한다.
아무것도 모른다.

나는 또 무수한 무슬림 교사들,
거룩한 책들을 읽고
학생들에게 기술을 가르치는,
거룩한 사람들을 본다.
그들은 아는 게 너무 많다.

그리고 저 괴이한 자세의 요기들,
위선자들,
교만으로 가득 차 있는 가슴들,
구리한테 돌한테 절하고
순례 길을 간다며 우쭐거리고
요란한 모자 눌러쓰고
염주 알 굴리고
이마에 팔뚝에 그림 그리고
찬송가를 흥얼거리며 비틀거리는
저들은 영혼의 음성을 한 번도 듣지 않았다.

사랑하는 이를 힌두는 람이라 부르고
투르크는 라힘이라 부르는데,
그러면서 서로 죽이니

누가 알 것인가, 그 비밀을.
이 집 저 집 돌아다니며 주문을 읊고
교만으로 잔뜩 부풀어 올랐다.
학생들은 선생 따라 물에 빠져 죽어가고
마지막엔 모두들 후회하겠지.

카비르는 말한다,
성자들이여, 저들 모두 속았다.
내가 무슨 말을 해도
사람들이 귀 기울여 듣지 않는 건
그만큼 쉽고 단순한 말이기 때문이렸다.

✼

하리 없는 사람, 정신 나간 인생.
구루 없는 사람, 뒤죽박죽 인생.
가는 곳마다
그물 안의 그물에 걸려 자기를 잃어버리네.

요기는 말하지, "요가가 첫째다. 둘째는 말하지 마라."
엉클어진 더벅머리,
삭발한 민머리,
땋아서 길게 늘어뜨린 머리,
침묵 서원誓願—
그래서 뭐 어쨌단 말인가?

총명한 사람들,
재능 있는 사람들,
영웅들,
시인들,
후견인들,
저마다 아우성이다, 자기가 최고라고.

모두들 왔던 데로 돌아가는데
아무것도 못 가져간다.
가련한 오른손 왼손 늘어뜨려 하리의 발을 잡아라.

카비르는 말한다,
벙어리가 꿀맛을 보았다.
물어본들 뭐라고 말하겠느냐?

마음에 대하여

왕도 거지도 성자도 절망하고 슬퍼한다.
행복하고 만족한 사람은
자기 마음을 다스리는 바로 그 사람.

❀

탐욕으로 가득 찬 마음이,
감각의 파도 위를 넘실거린다.
마음은 내몰고,
몸은 애먹이고,
그렇게 모든 것이 도망쳐 버리는구나.

❀

오늘 너는 말한다, 내일 하나님께 기도드리겠다고.
그리고 내일이면 다음날로 다시 미룬다.
그렇게 미루고 미루다가
이번 생生에서 모든 기회를 놓치고 말 참이냐?

✿

하나를 철저히 하면 모든 것이 이루어진다.
모든 걸 하려고 하면 하나마저 잃는다.
꽃 보고 열매 얻으려거든 뿌리에 물을 주어라.

✿

다른 누구 기대지 말고
네 팔뚝의 힘을 써라.
강이 네 집 뜰로 흐르는데
어떻게 목말라 죽겠다는 거냐?

✿

나는 내 마음을 세상사에서 떨어뜨려
주인님 연좌蓮座에 붙잡아 매었다.

✿

창조와 파멸의 자취가 없다면
무엇 때문에 명상하는가?

❀

    수백 번도 더 면도질을 하는데, 머리카락이 무슨 해코지를 하던가?
    독毒 묻은 생각들로 가득 찬 마음은 왜 면도하지 않는가?

❀

    '앎'의 독수리가 저를 삼키지 않는 한,
    '마음'의 새는 속된 쾌락을 맛보러 끊임없이 날아다닌다.

❀

    죽는 건 다만 몸뚱이.
    희망과 미망迷妄은 영원불멸.

❀

    모든 진실한 것들 가운데 으뜸은
    진실한 가슴이다.
    진실 없이는,
    네가 별의별 속임수를 다 쓴다 해도,
    행복은 없다.

✿

그들은 지혜로운 말을 들으려 하지 않고,
스스로 생각하려고도 하지 않는다.
카비르는 계속해서 외친다,
세상이 한 토막 꿈처럼 가 버린다고.

✿

바다로 떨어지는 빗방울—
모두가 알고 있다.
빗방울에 흡수되는 바다—
아는 사람이 참으로 드물구나.

✿

분별分別로 축축해진 나무,
쉬쉬거리며 연기만 낸다.
그것이 모두 타서 재災로 돼야만,
슬픔은 마침내 끝이 난다.

✿

가까이에서 그들이 가라앉더니,
다시 떠오르지 않는다.

그것이 나를 궁금하게 만든다.
착각의 급한 물살 속에서,
어떻게 너는 편안히 잠드는 거냐?

❁

마음-바다,
마음-파도,
그 물결이 너를
휩쓸지 못하게 하여라.

❁

마음은 신경 날카로운 도둑,
마음은 순수한 사기꾼.
숱한 현자들과 인간들과 신들을
파멸시키는, 마음에는
수백 수천 개의 문들이 있지.

❁

분별하는 뱀이 들어와서,
가슴에 상처를 낸다.
성자들이여, 움찔거리지 마라.
그가 그것을 좋아한다면,

그것을 먹게 하여라.

✿

의원이여, 집으로 가시게.
아무도 그대를 청하지 않으니.
이 짐을 진 자,
스스로 그것을 돌볼 터이니.

✿

가르치고 설교하고
그러는 저 입에 모래만 그득.
남들 밭 돌보는 사이에
제 곡식 엉뚱한 놈이 먹어치우는데.

✿

나는 너를 지켜보고,
너는 그를 지켜보고.
카비르는 말한다,
뭐가 어찌 돌아가는 건가?
나, 너, 그?

❀

석학碩學,
자네가 틀렸네.
창조주도 없고 창조도 없어.
나쁜 것도 없고 좋은 것도 없고
바람도 불도, 해, 달,
땅 또는 물,
시간도, 언어도, 몸도, 믿음도,
원인과 결과도,
그 어느 생각도, 베다도 없는 거라네.
어머니도 아버지도 없고,
구루도 없어.
그것이 둘인가?
아니면 하나인가?

카비르는 말한다,
자네가 알면 자네가 구루일세,
나는 자네 제자고.

❀

주인님! 땔감 없는 불이 타오릅니다,
아무도 그 불을 끌 수 없어요.
그것이 당신한테서 나와,

온 세상 삼키는 걸 나는 봅니다.
물속에서도 불길이 치솟네요.
아홉 강물이 모두 불타고 있는데,
그것들이 어디로 가는지 아무도 모릅니다.
도성이 불타고 있는데,
파수꾼은 행복하게 자면서 생각하지요.
"내 집은 안전하다.
마을아, 타려거든 타려무나.
내 재산을 건드리지 않는다면야."
람, 당신의 색깔이 너무나 명멸明滅합니다.
꼽추의 품에서 인간의 욕망이 충족되겠습니까?

이렇게 생각해도 너는
태어남에서 태어남으로 사라지고
네 몸은 영원한 불만不滿이다.
이를 알면서 모르는 척하는,
그보다 더한 바보가 어디 있으랴?

카비르는 말한다,
무엇이 그 어리석음에서 벗어나는 길인가?

❀

너 자신의 결단을 내려라.
살아 있는 동안 스스로 보아라.

네 장소를 찾아라.
죽은 자여,
어디에 네 집을 둘 것이냐?
피조물아,
네 기회를 네가 보지 못하는구나.
마지막에는,
아무것도 너에게 속하지 않는다.

카비르는 말한다,
어려워라, 시간의 수레바퀴여.

✿

형제여, 이름을 말할 수 없는 그분―
어째서 그분에게 라마이니를 노래하는가?
그 의미는―
앉아서 움직이며
잡았다 놓았다 하는
배 안의 나그네 같은 무엇.
몸은 남아도,
본성을 옷과 혼동 마시게.
마음을 고요히,
입 다물고.

마음은 몸 없이 가고,

몸도 마음 없이 가지만,
본디 마음과 몸은 하나인 것을.

카비르는 말한다, 저기 백조가 있다고.

방황에 대하여

✿

모두가 사람으로 태어났고
이 사실을 모르는 사람이 없거늘,
속이는 자들이 같은 사람을
높니 낮니 하면서 갈라놓는구나.

✿

힌두와 무슬림이 람과 라힘의 이름 아래
서로 싸우며 스스로를 파멸시킨다.
전능하신 이가 한 분인 줄을
둘 다 모르는 것이다.

✿

구루 없는 저 광인狂人,
눈 감고 좌충우돌.
쓰레기 더미에 불을 놓아
제 집 한 채를 몽땅 태워 버리네.

❀

사자들도 밟지 않고
새들도 날지 않는
숲 속에서,
카비르 혼자
공허한 명상으로 서성거리다.

❀

불쌍한 사람, 뭐 하고 있나?
그에게 말을 해도,
문은 열리지 않을 것이다.
제실 마당에 개를 풀어놓으면,
거기 있는 떡이나 물고 달아나겠지.

❀

불쌍한 사람, 뭐 하고 있나?
그 텅 빈 몸으로.
피조물은 눈길 한 번 주지 않는데,
누구한테, 카비르야,
그렇게 소리를 지르는 거냐?

삼계三界가 약탈을 당하는데,

모두가 모두를 빼앗기는데,
강도는 머리가 없어,
아무도 그를 알아보지 못한다.

❀

구매자들이 우글거리는 곳에는 내가 없고
내가 있는 곳에는 구매자들이 없다.
말의 그늘에서 서로 밀고 당기며
저도 모르게 방황하는 사람들.

❀

보석과 돌멩이들은 세상에 가득한데
그것들을 알아보는 이가 드물다.
보석보다 그것을 알아보는 이가 더 크니
아하, 그래서 그렇게 드문 거구나.

❀

꿈꾸던 자, 잠에서 깨어나
눈 뜨고 보니,
생겨난 것들이 서로 약탈하는데
잃은 것도 얻은 것도 하나 없더란 말이지.

✿

돌아가는 맷돌을 보자니,
눈물이 난다.
돌 사이에 떨어진 자,
성한 몸으로는 나올 수 없다.

✿

자네, 수도승에서 도둑으로 되더니,
도둑에서 사업가로 되었구나.
그 주먹이 네 몸에 떨어지기까지는,
삶이 무엇인지 자네는 모르리.

✿

사람으로 태어나기는 참으로 어려운 일.
두 번 다시 기회를 얻지 못한다.
익은 과일이 한 번 떨어지면,
뛰어올라 가지에 도로 붙을 수 없듯이.

✿

세상-바다에 뱀들로 엮인 뗏목.
놓아라, 빠져 죽을 것이다.

잡아라, 뱀들이 물어뜯을 것이다.

✿

몸을 찌르고 쑤시다가,
창날만 부러진다.
천연 자석磁石 아니면,
그것이 밖으로 나올 리 없지.
수백 수천 돌멩이도 소용이 없다.

✿

속물들의 우왕좌왕.
가정생활이냐?
요가냐?
그러다가 남들은 성숙하는데
기회만 놓치고 말지.

✿

가슴이 묻는다, 언제 움직이려나?
머리가 묻는다, 언제 떠나려나?
여섯 달 동안 너는 네 뇌를 달달볶았지.
마을은 고작 반 마장 거리인데.

❁

사랑-비단 두르고,
카비르야,
춤춰라.
몸과 마음으로
진실을 말하는 사람들이
그 아름다움으로 눈부시구나.

❁

거울 동굴 속으로,
개가 달려간다.
거기 비친 제 모습을 보고
짖으면서 죽어 간다.

❁

색色이 색으로 태어난다.
나는 모든 색들을 하나로 본다.
어떤 색이,
살아 있는 피조물인가?
답할 수 있거든 답해 보아라.

✿

거울의 가슴 안에,
어느 얼굴도 비치지 않는다.
그 가슴의 이원二元이 사라질 때,
너는 그 얼굴을 볼 것이다.

✿

석학碩學들이 걷는 길을
대중이 걷는다.
람의 길은 높은 길,
카비르는 계속 기어오른다.

✿

친구여, 자네 혼자 어디로 가고 있나?
남겨 놓은 집을 치우거나 야단법석 떨 것 없네.
설탕과 우유와 버터를 먹인 몸,
보석으로 가꾼 매무새,
모두 내던져졌네.
조심스레 터번을 두르던 머리는
까마귀들이 찢어발기고,
자네 뼈들은 장작더미처럼 불타고,
머리털은 풀잎처럼 불타는데,

친구들은 아무도 따라오지 아니하고,
자네가 기르던 코끼리들은 모두 어디 있는가?
죽음이라는 승냥이가 잡아채었기에
더 이상 마야의 주스를 맛볼 수 없는데,
염라의 몽둥이에 머리를 맞아,
지금 자네는 침상에 축 늘어져 있는데.

❀

나는 보고 또 보았다.
아, 이 놀라움!

땅이 하늘로 저를 쏘아 올리고,
코끼리가 개미 눈 속으로 떨어지고,
산들이 바람도 없이 날아가고,
영혼과 피조물들이 나무를 기어오르고,
마른 연못에서 물결들이 출렁이고,
물 없이 물새가 철벙거린다.
(누가 내 노래를 알아들을 것인가?)

석학碩學들은 앉아서 법전을 뒤적이며,
한 번도 보지 못한 것에 대하여,
뭐라고 중얼거리지만,
카비르의 운韻을 이해하는 그 사람이
마지막 순간까지 참된 성자다.

❁

부정한 암캐의 아들!
거기서 내가 너를 욕보였다.
좋은 길로 들어서는 것에 대하여,
생각해 보아라.
너는 네 집의 주인과 만나는 것을,
꿈조차 꾸지 않았다.
브라아민, 크샤트리아, 바니아*,
그들은 내가 하는 말을 듣지 않는다.
요기들과 기어 다니는 것들은
저마다 제 길을 가고,
한가한 요기들은
쾌락에서 한 걸음도 물러서지 않는다.

❁

생각 없는 사람들아,
물이 물속으로 들어가듯이,
카비르도 티끌 만나 티끌로 돌아가리라.

그 석학碩學은 말했지.
당신 마가하르에서 죽을 거냐고,

---

* 카스트 제도 제3 계급인 상인 계급. 바이샤.

죽는 장소 치고 얼마나 끔찍한 곳이냐고,
람이 당신 데려가기를 원한다면
어디 다른 데로 가라고,
마가하르에서 죽으면 나귀로 환생한다고.

람에 대한 그대의 믿음이 참으로 대단하구나.
람이 그대 가슴을 다스리는데,
카시*가 무엇이며,
불임不姙의 땅 마가하르는 또 무엇인가?
그대 카시에서 귀신으로 되지 않으면
주인 쪽에서 그대한테 빚진 것이 있겠는가?

어떻게 건널 참인가?
요기여.
그렇게 뒤틀려 있으면서 어떻게 건널 참인가?
보라,
그가 얼마나 명상과 봉사와 기도에 열심인가?
보라,
저 하얀 깃털 학鶴의 교활한 방식들.
보라,
몹시도 음흉하고
몹시도 시끄럽고
몹시도 약삭빠른 뱀의 기분.

---

* 신성한 도시 바라나시의 옛 이름.

보라,
저 매의 얼굴 그리고 고양이의 생각들.
철학 교실들이 망토처럼 휘감겼다.
보라,
마녀 허영虛榮이 온 세상을 집어삼킨다.
벌은 날아가고
왜가리는 남아 있다.
밤은 지나가고
낮 또한 가고 있다.
젊은 소녀는 애인이 어떻게 할지 알 수 없어,
몸을 부들부들 떨고 있다.
굽지 않은 옹기엔 물이 담기지 않는 법.
백조는 날개 치며 날아오르고 몸은 사위어 간다.
손뼉으로 까마귀들을 쫓으며
팔이 슬프게 운다.

카비르는 말한다,
이야기가 침을 튀기며 여기서 나가는구나.

❀

다시 한 번, 물 속 물고기.
바로 전생前生에서
나는 근검勤儉에 취했습니다.
가슴을 멀리하고

가정도 버리고 오직
람! 람!
중얼거렸지요.
베나레스를 포기하여 바보가 되었습니다.
주인님,
지금 내가 어디에 있는 건가요?
내가 고약한 종이었나요?
당신은 모르셨어요?
하나님과 나,
둘 가운데 누구를 탓해야 하는 것입니까?
당신의 도피처를 찾아왔지만
당신의 발을 발견할 수 없었습니다.
내가 당신께로 왔다고요!
그런데 시방 당신의 종 카비르,
모든 것이 난감할 뿐 속수무책입니다.

✿

거꾸로 된 베다를 읽을 수 있을 만큼,
충분히 지혜로운 구루가 이 세상에 있을까?

불이 물속에서 타고,
소경이 보고,
암소가 사자를 먹고,
사슴이 승냥이를 먹고,

까마귀가 수리를 덮치고,
메추라기가 새매를 제압하고,
생쥐가 고양이를 먹고,
개가 늑대를 먹고,
개구리 하나가 뱀 다섯을 삼킨다.
원초原初의 가르침을 아는,
그 사람이 제대로 차려입은 사람이다.

카비르는 외친다,
"둘이 함께 하나"라고!

✿

람의 깨뜨릴 수 없는 이름,
그것을 말하라.
하리를 떠나서는 갈 곳이 없다.
어디를 가든지 거기에서 너는 나방일 뿐이다.
함정이 보이는가?
그러면 불에 뛰어들지 마라.
람의 이름 가까이 가서,
그 곤충이 어떻게 가슴을 벌한테 주는지 배워라.
세상은 슬픔의 짐으로 무겁다.
피조물아,
네 생각들은 쓸모없는 물결들.
이 기슭도 저 기슭도 너는 보지 못한다.

세상은 욕망의 바다,
람의 후원은 배.
하리의 도피처에 들어라.
바다가 송아지 발굽만큼 넓을 것이다.
우주를 관통하여 날실을 거는
직조공의 비밀은 아무도 알지 못한다.
그가 하늘과 땅으로 도랑을 파고,
해와 달로 실패를 만들고,
수천 가닥 실로 북을 채우고,
오늘도 길이를 잴 수 없는 천을 짠다.

카비르는 말한다,
모두가 한 행동으로 연결된다.
좋은 실 나쁜 실로 그가 천을 짜고 있다.

유혹에 대하여

유혹하는 여인처럼, 집착은 슬기로운 사람마저 홀린다.
쫓아 버려도 다시 또 다시 돌아온다.

✿

무엇이 슬프게 끝나는 길인가?
기억하라,
늙은 나이와 죽음이 붐비는 곳은 탐욕의 장마당이다.

✿

지극히 적은 사람들만이 전능하신 이의 은총으로
카르마와 탐욕의 밀고 당김에서 벗어난다.

✿

여인에게 눈독을 들이지 않고
누이나 어머니로 대하는 사람은
죽음의 아가리가 삼키지 못하리라.

✿

탐욕과 미망의 연인들이
하나님의 연인들을 비웃는구나.

✿

목숨을 구걸하지 마라.
시간이 네 숨통을 붙잡고 있다.

✿

어찌하여 눈먼 탐욕으로
값진 네 인생을 낭비하려는가?

✿

아무도 분별없이는 하나님을 모실 수 없다.
오직 성자들의 모임 안에서 제대로 판단할 수 있을 뿐.

✿

어린아이처럼 선입견도 편견도 없이
순진한 사람이 되려고 애쓰는
그 사람만을 하나님은 만나 주시리라.

❀

명성名聲은 쓸데없는 물건이다,
나그네에게 그늘을 드리우지도 않고
그 열매를 따기도 힘든 대추야자나무처럼.

❀

좁고 미끄러운 길 꼭대기에,
카비르의 집이 있다.
개미 발에는 맞지 않을 것이다.
그런데 저 악당은,
어쩌자고 불알 깐 황소에 짐을 싣는가?

❀

목화나무 가지에 앉은 앵무새,
꽃망울 한 쌍 탐하다가,
톡—
터지는 꽃망울 소리에
그만 낙심하여 날아가는구나.

❀

네 다이아몬드를,

야채 시장에 내놓지 마라.
자연의 매듭으로 그것을 묶어 두고,
오롯이 네 길을 가라.

❁

아무도 찾지 않는다,
곳간에서 루비를,
길바닥에서 향나무를,
양떼에서 사자를,
돼지우리에서 거룩한 사람을.

❁

향도 맛도 없는 걸 갈망하면서,
얼마나 많은 날들을
흘려보냈던가.
구름이 제아무리 비를 내려도,
사막에선 싹트지 않는 법.

❁

사기꾼 하리가 세상을 속인다.
형제여,
그분 없이 누가 살 수 있겠는가?

누가 그의 남편인가?
누가 그의 아내인가?
죽음의 눈초리가 사방으로 흩어진다.

누가 그의 아버지인가?
누가 그의 아들인가?
누가 괴로운가?
누가 죽는가?
그가 요술로 네 뿌리들을 잡아 뽑는다.
아무도 람의 속임수를 알 수 없다.

그 도둑을,
카비르의 가슴이 받아들인다.
속이는 이를 알아볼 때 속임수는 사라진다.

✼

석학碩學,
연구 좀 해 보고 나서,
어떻게 덧없음을 깨부술 수 있는지 가르쳐 주시게.
돈, 종교, 쾌락, 구원—
어느 길로 가면 붙박여 있을까?
형제여,
북쪽, 남쪽, 동쪽 아니면 서쪽?
천당 아니면 지하세계?

하나님은 안 계신 데가 없다던데,
지옥은 어디에 있는가?

천당과 지옥은 무지한 자들한테 있는 것.
하리를 아는 이들한테는 없는 것.
사람들이 저마다 겁내는
그 겁나는 것이 나는 겁나지 않네.
죄와 순결, 천당과 지옥,
그런 것들로 나는 어지럽지 않아.

카비르는 말한다,
들어라, 찾는 이들아.
너희 있는 곳마다 거기가 입구다.

✿

마야는 고등사기꾼.
세 가지 성질의 올가미를 끌고서
이리저리 다니며
달콤한 말을 속삭인다.

비슈누에게는 락슈미,
시바에게는 샤크티,
사제들에게는 신상神像,
순례자들에게는 성스러운 강,

비구에게는 비구니,
왕에게는 왕비,
이 집에는 보석,
저 집에는 조가비,
브라마에게는 브라마 부인,
경건한 신자에게는 경건한 숙녀로 되어.

카비르는 말한다,
찾는 이들아, 잘 들어라.
아무도 할 수 없는 이 얘기를.

✾

이건 큰 다툼입니다,
왕이신 람이여.

누구, 할 수 있거든,
이 다툼을 가라앉혀다오.

브라마가 더 큰가?
그가 온 곳이 더 큰가?
베다가 더 큰가?
그것이 생겨난 데가 더 큰가?
마음이 더 큰가?
그것으로 믿는 게 더 큰가?

람이 더 큰가?
람을 아는 이가 더 큰가?

카비르는 사방을 둘러보지만
잘 보이지 않는다.

성스러운 장소가 더 큰가?
그곳의 경건한 신봉자가 더 큰가?

나 자신에 대하여

크고 크신 분이 내 슬픔과 부끄러움을 모두 닦아 주신다.
그분 사랑에 나의 너울이 진홍색으로 물들었다.

내 온몸과 마음으로 사랑하는 이여,
나는 오로지 당신의 것입니다.

✿

모든 몸들 안에
허물없는 이가 계신다.

여기에서 내가 떠돌고
여기에 내가 머문다.

✿

나는 장마당에 서서
모두의 안녕을 기원한다.
나는 누구의 친척도 아니고
누구의 원수도 아니다.

❊

재치도 없고
무게도 없는
얼렁뚱땅 인간.
향기 없는 붉은 꽃.

❊

곧게 벋은 가지.
손에 닿지 않는 열매.
어떻게 해 보려는 목마른 새.
달콤한 열매,
하지만 너무 멀어.

❊

곰배팔이를 찾아서 돌아다녔지만
한 사람도 만나지 못했다.
마침내 그를 내 안에서 찾았더니
거기서 그를 만날 수 있었다.

❊

미쳤구나, 내가 보는 이 세상.

진실을 말하면 달려들어 나를 때리고
거짓을 말하면 나를 믿어 주네.

❀

먹을 수도 없고 잠들 수도 없다.
쉬지도 못하고 이리저리 기웃거린다.
누구 있거든 제발 그이에게 내 말 좀 전해다오.
사랑하는 이가 없이는 견디지 못하겠다고.

❀

누가 '물결'이라는 말을 만들었다고 해서
내가 그것을 '물'로부터 구분해야 하는 것인가?

❀

내 손으로 내 집을 불살랐다.
오냐, 이제부터는
내 뒤를 따르겠다는 자들의 집을 불사르리라.

❀

자기가 자기 자신을 잊어 먹었다.
거울에 비친 저를 보고

죽어라 짖어 대는 미친개처럼,
우물 속 제 모습을 보고
날뛰는 사자처럼,
수정水晶 표석漂石을
어금니로 찔러대는 코끼리처럼,
달콤한 열매를 한 움큼 쥔 주먹으로
꼼짝 못하는 원숭이처럼,
그렇게 이 집 저 집 다니면서
시끄럽게 떠드는구나.

카비르는 말한다,
장대-위에-앉은-앵무새, 누가 널 잡았느냐?

❀

어떤 꼴 또는 모양을 서술할 것인가?
어떤 둘째가 거기 있어서 그를 볼 것인가?
맨 처음 옴―도 없고 베다도 없는데,
누가 그 조상을 추적할 것인가?
별들 반짝이는 하늘도,
아버지의 씨도,
달과 해도,
고요한 허공도,
바다와 땅도 없는데,
누가 그의 이름을 부르고

누가 그의 명命을 알 것인가?
밤도 낮도 없는데—
누가 그의 민족과 가문을 말할 수 있는가?

그 텅 빔, 그 편안함을 기억하면서
한 빛이 터져 나왔다.
바탕을 무無에 둔 존재로 내가 나를 바친다.

✿

그날, 공기도 물도 없는 날.
그날, 창조의 그날을 누가 낳았는가?
그날, 자궁도 뿌리도 없는 날.
그날, 앎도 베다도 없는 날.
그날, 소리도 슬픔도 없는 날.
그날, 몸도 집도 없는 날.
땅의 장소도, 하늘도, 공간도 없는 날.
그날, 선생도 학생도 없고,
가서 들어설 어려운 길도 없는 날.

근원 없는 그 상태에 대하여
무슨 말을 할 것인가?
마을도 머물 곳도 없는 그 장소를
너는 뭐라고 부를 것인가?

용어 풀이

가네샤   시바의 아들, 어려움을 해결해 준다는 지혜의 신. 코끼리 머리를 하고 있음.

가루다   비슈누가 타고 다니는 새. 몸은 인간, 머리와 날개는 독수리.

가야트리   리그베다의 성스러운 구절들, 힌두들이 아침저녁으로 암송하는.

고빈드   크리슈나의 별호, 암소들을 지키는 이.

고사인   하나님을 부르는 호칭.

고팔   크리슈나의 별호, 암소들을 지키는 이.

곰티   인도 동부 지역에 흐르는 강.

구나   모든 사물에 배어 있는 성품, 요소. '사트바'(밝음, 좋음), '라자스'(열정, 행동), '타마스'(어둠).

구루   진리의 길을 보여주는 안내자 또는 교사, 권위. '참 구루'는 하나님을 가리킴.

나디   요기, '나드'(흐른)를 연주하는.

나라다   브라마의 한 아들, 급한 성질의 소유자, 브라마는 그를 저주하여 난잡한 성생활을 하게 하였고, 본인은 자기 아버지로 하여금 근친성교를 하게 하여 존중받을 가치가 없는 신으로 만들었음.

나라야나   비슈누의 별호, 사람의 아들, 물에서 태어남.

나르싱하   비슈누의 네 번째 성육신. 인간-사자.

나우라야크   하나님, 온 땅의 아홉 구역을 다스리는 주인.

난다   크리슈나의 양아버지, 크리슈나가 자란 고쿨 마을 촌장.

남데브   13세기 봄베이 부근에 살았던 바크티-시인, 재봉사 계급으로 많은 노래가 남아 있음.

니란잔   하나님의 별호, 흠 없는.

니란카르   하나님의 별호, 꼴 없는.

니르군   절대적이고 온갖 꼴을 초월한 속성屬性 없는 최고 존재(하느님).
모든 신들과 천상의 존재들과 세계와 우주가 그의 창조물임.

다모다르   크리슈나의 호칭.

다얄   하나님 호칭, 자비로우신 분.

데바   남성 하나님, 라틴어로 데우스, 디부스, 헬라어로 데오스.

데비   여성 하나님. 라틴어와 헬라어로 데아.

두르바   인도의 제후.

두르오다나   서사시 마하바라타에 등장하는 악당들 가운데 하나.

드하르니드하   하나님, 땅을 지키는 이.

드하름라자   힌두의 지하 세계를 다스리는 염라의 별호, 정의의 왕.

드흐루바   고대古代 현인, 한결같음, 붙박이.

딘다얄   하나님, 가난한 자에게 긍휼을 베푸는.

라구낫   비슈누의 일곱 번째 성육신, 라마 찬드라의 호칭, 카비르의 노래에서는 하나님의 다른 이름.

라구라이   라마, 카비르의 시에서는 하나님.

라구파티   라마, 카비르의 시에서는 하나님.

라바나   섬 왕국 랑카의 악마 왕, 비명 지르기.

라이   하나님, 왕.

라자   하나님, 지상의 통치자를 지칭하기도 함.

라자슈람   하나님, 높은 왕.

라흐만   무슬림의 하나님 호칭.

락슈미   비슈누의 아내, 행운과 아름다움의 여신.

람·라힘	하나님의 별호, 아름다운, 매혹적인.
랑카	라바나의 섬 왕국.
리시	신성한 영감을 받는 시인 또는 현자.
마가하르	인도 북동쪽의 도성, 거기서 죽으면 나귀로 태어난다는 속설이 있음.
마다나	사랑의 신神, 카마.
마드호	크리슈나의 성씨姓氏, 크리슈나의 조상 마드후의 후손들.
마드후수단	크리슈나, 악마 마드후를 살해한.
마르카	브라마의 반신반인 후손.
마야	모든 창조물의 비非현실, 환영幻影, 착각.
마하데바	시바의 이름, 위대한 신.
마헤사	시바의 별호.
마후르	인도에서 코끼리를 부리는 사람.
마후아	북부 인도에 자라는 나무, 일명 마두카. 꽃은 약재용 시럽 재료.
만사로와르	히말라야의 거룩한 호수, 무한 침묵.
메루	지구 중심에 있다는 신화神話의 산, 황금의 산, 꼭대기에 극락이 있음.
무니	성스러운 점쟁이 또는 고행자.
무라리	크리슈나의 별호, 악마 무라를 죽인 이.
무칸다	하나님, 구원을 주시는 이.
물라	이슬람의 율법학자, 지도자.
바그완	크리슈나의 별호, 보물을 나눠 주는 이.
바마나	비슈누의 다섯 번째 성육신.
바이라기	세상 모든 욕망과 쾌락을 버린 고행자 또는 탁발승.
바이슈나바	비슈누 신봉자.

반와리	크리슈나의 별호, 숲의 주인.
베나레스	갠지스 동편 거룩한 시바의 도성, 거기서 죽으면 곧장 구원 받는다는 속설이 있음.
베디	베다를 읽는 사람.
부파티	하나님 호칭, 땅의 주인.
브라마	힌두가 숭배하는 세 신神들 가운데 첫째 신, 우주와 베다를 창조함.
브라아민	인도 첫 번째 계급, 사제.
브야사	베다 네 권과 마하바라타를 지었다는 전설의 현자.
비두라	가난한 천민 계급의 사람, 그가 두르요다나를 만나러 갈 때 크리슈나가 동행함.
비슈누	힌두가 숭배하는 세 신神들 가운데 둘째 신, 창조된 세계를 유지함.
비이달	크리슈나의 별호.
빈드라반	박하의 숲, 크리슈나가 어린 시절을 보내던 숲.
사나카	브라마의 가슴에서 나온 첫째 아들.
사난다나	브라마의 가슴에서 나온 둘째 아들.
사두	현인 또는 은수자.
사랑드하	시바, 사랑(활)을 지닌 이.
사랑파니	시바의 별호, '사랑'sarang(활)을 잡은 이.
사아디	고사인 닷타의 가르침을 따르는 고행자.
사인	스와미.
산다	브라마의 반신반인 후손.
산지	천연두 여신 호이의 다른 이름, 친구.
살라암	무슬림이 이마에 손을 대고 하는 경례.
샤르다	여신 사라스바티, 브라마의 아내, 지혜와 과학의 후원자.
샤스트라	구원으로 이끄는 인도 철학의 여섯 체계.

샤이비테	시바 신봉자.
샤크티	신神의 창조 에너지, 그의 아내로 인격화 됨.
샹카라	시바의 이름, 평화를 주는 이.
셰스나가	땅을 에워싸고 지탱하는 머리가 천 개인 뱀.
셰이크	이슬람의 촌장, 가장.
수다마	크리슈나의 어린 시절 친구.
수드라	최하위 천민 계급.
수르파티	신들의 왕, 인드라의 별호.
수크데바	마하바라타의 저자 브아사의 아들, 고대 성자.
술탄	이슬람 군주.
스므리티	전통적인 힌두 법전과 의전儀典, 기억된 것들.
스라드하	장례 때 조상들에게 바치는 제물, 개와 독수리 등을 위한 음식을 함께 내놓는다.
스와미(사인)	일반적으로 브라아민을 부르는 호칭. 간혹 하나님을 가리키기도 함.
시르얀하르	하나님, 창조주.
시바	힌두가 숭배하는 세 신神들 가운데 셋째 신. 생성과 파멸의 신.
시크	이슬람의 가장, 촌장 또는 교주.
싯다	해와 땅 사이 허공에 거하는 거룩하고 순결한 현자. 팔만팔천 싯다들이 있음.
아야말라	카나우즈의 브라아민, 매춘부와 결혼하여 세속적인 삶을 살았음.
아크루라	크리슈나의 삼촌.
아트마	영혼, 생명의 숨.
안타르야미	속성屬性 없는 하나님의 별호, 내면을 아시는 이.
야가낫	하나님, 비슈누의 별호, 세상의 스승.

야그디쉬	하나님, 세상의 주인.
야그지반	하나님, 세상의 생명.
야이데브	11세기 저명한 산스크리트어 시인, 크리슈나와 젊은 연인 라드하의 사랑을 노래한 '기타고빈다' 저자.
야티	독신獨身 고행자.
인드라	신들의 왕, 천둥을 울리고 비를 내림.
츠하트라파티	하나님 호칭, 하늘에 그의 우산雨傘이 있음.
치트라굽타	인간들의 선행과 악행이 기록된 염라의 장부帳簿.
카림	무슬림의 하나님 호칭, 자비로우신 분.
카마	사랑의 신神. 사랑의 화살로 인간을 맞힘.
카믈라	아름다움과 행운의 여신, 연꽃.
카믈라칸트	비슈누, 카믈라의 남편.
카아바	메카의 대회당 안에 있는 정방형 건물, 무슬림의 순례성지.
카일라스	히말라야 마나스 호수 가까이 있는 산, 시바의 낙원이 있는 곳.
칼리유가	현 세대, 철鐵의 세대.
칼카(칼킨)	비슈누의 열 번째 성육신, 아직 출현하지 않았음.
케다라	히말라야의 힌두 순례성지.
케샤바	비슈누의 별호, 긴 머리.
콰지	이슬람 재판관.
쿠다	페르시아 사람들이 부르는 하나님 별호.
쿠베라	히말라야를 지키는 반신반인半神半人 왕.
크리슈나	비슈누의 여덟 번째 성육신, 바가바드기타에 주인공 아르주나의 마부로 등장.
크샤트리아	인도의 두 번째 계급, 귀족과 무사.
크히마카르	하나님, 용서하시는 분.

키르팔	하나님, 자비로우신.
타쿠르	하나님, 생명의 주인.
트루스	신성한 지혜, 또는 구루의 가르침.
틸락	행운의 표시로 이마에 그린 문양.
파르메슈아	하나님, 위없이 높은 주인.
파르브라마	위없는 하나님, 브라마 너머.
파르비드가	하나님, 소중히 여기시는 분, 지킴이.
파반파티	하나님, 숨의 주인.
푸라나	여러 신들의 행적을 서술한 힌두의 성스러운 책들.
푸루쇼타마	비슈누의 별호, 존재하는 것들의 으뜸.
푸루크	하나님 호칭, 존재.
프라부	크리슈나의 별호, 주인.
프라흘라다	비슈누를 섬기다가 아버지 하르나크하사의 노염을 사지만 죽 을 고비에서 비슈누가 살려줌.
피르	무슬림 영적 안내자 또는 성자.
피탐바르	크리슈나의 별호.
하누만	원숭이 왕, 람이 아내 시타를 악한 왕 라바나한테서 구하는 데 협력함.
하람바	카비르가 죽었다는 마을. 거기서 죽으면 나귀로 환생한다는 마 가하르의 다른 이름.
하르나크하사	프라흘라다의 아버지, 시바의 신봉자.
하리	비슈누의 별호, 반짝거리는, 찬란한.
할랄	의례儀禮에 따라서 정결하게 요리한 무슬림 음식.
호이	천연두를 관장하는 여신女神.